新　潮　文　庫

原　っ　ぱ

池波正太郎著

新　潮　社　版

4809

目次

挿画　池波正太郎

原っぱ

一　浮浪の人

地下道には、昼も夜も同じ燭光《しょっこう》がゆきわたっている。

その日、そのとき、牧野は都心の地下鉄A駅とB駅をつなぐ地下通路を歩いていた。幅十メートルほどの通路の中央には、ふとい円柱がつらなっている。牧野は円柱の右側の通路を歩いていたが、B駅近くの円柱の陰へ身を寄せている老人の浮浪者を、見るともなしに見た。

老人は、ズボンをゆるめ、何かしていた。

虱《しらみ》を取っては、指先で潰《つぶ》すことに熱中しているのだ。

(やっているな)

牧野は、微笑を洩《も》らした。

軍隊や、終戦直後の東京で暮したものには、虱取りの経験がないものは先《ま》ずあるまい。

六十をこえた牧野にとって、虱はなつかしい存在だったし、疥癬《かいせん》のかゆみも忘れない。

東京にあった牧野の家は、戦災で三度も丸焼けになってしまい、母は三度目の空襲があったときに死んだ。

B駅まで来て、街路への階段をのぼりかけた牧野の足が急に停《と》まった。

虱を取っていた老人の横顔に見おぼえがあったからだ。週に一度は、この通路を歩く牧野だが、これまでは老人に全く気づかなかったのである。老人は最近になって、この地下通路に住みついたのであろう。

戦場の兵士がかぶっている鉄兜《てつかぶと》のように変色した夏帽子、古びた背広の上着と黒いズボン。よれよれのレインコートに灰色のマフラー。そういったものを身につけた老いた浮浪者の横顔は、意外といってよいほどに端正で、その顔が、わずか三分か四分の間に牧野の脳裡《のうり》からはなれなかった所為《せい》もあったろう。

(まさか？)

おもいながらも、牧野は身を返した。

牧野は、大劇場(商業演劇)の劇作家だが、いまは、ほとんど仕事をしていない。いまの、変貌《へんぼう》してしまった演劇界に、牧野の出る幕はないのだ。

劇作家だけに、牧野は人の顔、人の声にどうしても関心をもつ。

sho

むかし、いそがしく仕事をしていたころは、電話の声ひとつにも、あれこれと憶測するものだから、

「あなたは、人の表情や声に敏感すぎる。関心をもちすぎるんですよ。そうしては無用の心配をしたり、怒ったり、よろこんだりするのだから……」

十五年前に病死した妻の勝子《かつこ》に、よくそういわれたものだった。

こうした牧野なので、老浮浪者の横顔に一種の印象を受け、それが古い記憶の底から、ある人の顔を想起せしめたのだろう。

近ごろは、好きな映画を観《み》ても、観るそばから忘れてしまう牧野だが、そのかわりに、古いこと、たとえば子供のころの一情景などが鮮明に甦《よみがえ》ってきて、

（こんなこと、一度も、おもい出したことがなかったのに……）

おどろくことがある。

とにかく、牧野はA駅の方向へ歩きはじめた。

老人は、まだ虱を取っている。

かなりの距離をおいて通りぬけながら、横顔を素早く見た。

牧野の動悸《どうき》が激しくなった。

A駅の近くまで来て、牧野は引き返した。

今度は円柱の左側の通路を、壁に沿って歩き出した。

依然、老人は虱との格闘に夢中になっている。

汚垢《おこう》にまみれた横顔には、血の色がなかった。

(そうだ。佐土原《さどはら》先生に間ちがいはない)

外へ出ると、まだ四時だというのに夕闇《ゆうやみ》は濃く、街に灯《ひ》がともりはじめている。

風が冷めたかった。夏は駆足で去ったのだ。

行きつけの〔M堂〕へ入って、熱いコーヒーを注文した牧野は、ぼんやりと煙草《たばこ》をふかした。

運ばれてきたコーヒーの、味がしなかった。

顔見知りの主任《チーフ》が、心配そうに声をかけてよこした。

「どうかなすったんですか?」

「何か、変に見えるかい?」

「お顔の色が、よくありません」

牧野は前に一度、この店で軽い心臓の発作をおこしたことがあるのを、チーフの林は、おぼえているのだろう。

「今日は大丈夫だよ」

笑って、そういいながらも、牧野は、ポケットにいつも忍ばせている茶色の小さな丸薬を口にふくんだ。

牧野が佐土原先生の生徒だったのは、旧制尋常小学校の五、六年生のときで、卒業以来、まったく会ったことはない。だから五十何年ぶりに見たわけだが、子供のころのことは年をとるにつれて鮮明になると前にのべたように、たとえば佐土原先生でなくとも、子供のころの同級生に、これも五十年ぶりに路上で出会ったときなど、すぐにわかる。

一日の半分は学校にいたのだから、それを六年間つづけていれば、否応《いやおう》なしに双方の顔や姿、声が脳裡にきざみつけられてい、相手がつるつるの禿頭《はげあたま》になっていようともすぐにわかるものなのだ。

牧野の、佐土原先生への印象は、

（いつも叱《しか》られていた……）

このことだった。

先生は、あまり口では叱らず、いきなり、人のいない場所へ連れて行ってゴム紐《ひも》で体罰をあたえる。ゴム紐といっても、女の子が靴下止《くつしたど》めにするような幅のひろいふといゴム紐の輪を切り、この一端を生徒の頬《ほお》へあてがい、一方の端を引っ張っておいて矢を射るようにはなしてパチンと頬を撃つのである。そのゴム紐の打撃の感触と佐土原先生の面影《おもかげ》が牧野の脳裡で一つになっている。

佐土原先生は三度も、牧野の通信簿へ〔操行乙《そうこう》〕をつけた。

操行は生徒の行状、行儀を意味する。

学校の成績には無頓着《むとんじやく》な父兄でも、操行が悪いとなれば捨てておかなかった。牧野も、そのときは飾《かざり》職人だった祖父と母からひどく叱責《しつせき》されたものだ。何しろ祖父などは、牧野が佐土原先生の体罰を受け、頬にゴム紐打撃の痕《あと》をつけて帰って来ると、

「こんなやつでも、よく叱って下すった。ありがたい、ありがたい」

泪《なみだ》を浮かべて感激した時代なのだから、現代では全く通用しないはなしなのだ。

当時、佐土原先生は二十五、六ではなかったろうか。師範学校を出て、間もなく、牧野が行っていた下町の小学校へ来たのだそうな。あるいは、も少し若かったかも知れない。佐土原先生にとって牧野たちのクラスが、はじめての卒業生ということになる。

いまの牧野が六十四だから、先生は、すでに七十をこえているはずだが、八十には少し間があるといったところか……。

翌日。

朝から牧野は落ちつかなかった。昼すぎになると衝動的にアパートを出て、地下鉄に乗り、A駅で降りて地下通路をB駅に向った。

朝夕、めっきり冷え込む季節になると、あたたかい地下通路に浮浪の人びとが増える。この日も円柱の陰に五組ほどの浮浪者が寝そべっていた。牧野は通勤者ではないから、毎日のように、この通路を通るわけではない。せいぜい週に一回ほどだ。よくおぼえていないが、佐土原先生を見たのは昨日がはじめてといってよい。

今日も先生はいた。

段ボールを敷き、何が入っているのか知らないが膨らんだデパートの買物袋を三つほど柱に立てかけ、それに寄りかかって、佐土原先生はぐっすりと眠っていた。

となりの円柱の陰には、たくましい体躯《たいく》の中年男が、これも眠りこけている。

牧野は、かなりの距離を置いて佐土原先生を見まもった。昨日は気づかなかったが、先生の傍《かたわ》らには半分ほど減った日本酒の一升壜《びん》が置いてある。

(あ……いまも好きなんだ)

牧野たちを教えていたころ、昼の弁当の時間になると、先生は教員室へもどらず、教室に残り、生徒たちと共に弁当を食べる。

先生の弁当は液体が入った小さな水筒とキャラメル一箱だった。先ず水筒の液体をのむ。そのとき先生の傍《そば》へ行けば、子供でも液体が何であるか、たちどころにわかったろう。

いつだったか、牧野が傍へ行き、

「先生。お酒でしョ」

そういうと、先生は無言で微笑した。いささかも悪びれない。

「先生の操行も乙」

牧野が可笑《おか》しそうにいうのへ、先生は、

「うん」

うなずいて見せたのである。

水筒の液体をのんでから、先生はおもむろに大きな風呂敷包《ふろしきづつ》みを解く。中から造りかけの鳥籠《とりかご》が出てくる。先生は小刀で竹を削り、鳥籠を造りながら、キャラメルを五粒ほどしゃぶる。これが佐土原先生の弁当だった。

或日《あるひ》の午後、牧野が学校の運動場で遊んでいると、学年は同じだがクラスはちがう鈴木という子が駆け寄って来て、

「いま、校長室の前の廊下を通ったら、君のとこの佐土原先生が叱られていたよ」

「だれに？」

「校長先生にさ」

「どうしてわかった？」

「ガラス戸の向うで、校長先生が、真赤《まっか》な顔して怒ってた」

「ふうん……」

「佐土原先生は下を向いて、青い顔してたよ」

「ふうん……」

何しろ、教室で、しかも自分の生徒がいる前で、たとえ少しでも、水筒の酒を飲むような佐土原先生だから、

(校長先生に叱られるのもムリはないや)

と、牧野はおもった。

そういえば、佐土原先生は、教員室にいることが少いようだったし、他の先生たちと語り合う姿を見かけたこともない。

こんな先生が、いたずらばかりしている牧野を叱って、

「こっちへ来い」

人のいない図画教室や唱歌教室へ連れて行き、ゴム紐の体罰をあたえるのだから矛盾している。

少年の牧野だったが、そうした大人のすることがおもしろかった。

(大人なんて、みんな、頭がおかしい)

牧野の両親が、突然に離婚したのも、どんな事情でそうなったのかわからないし、少年の牧野にしてみれば矛盾の所業であった。

離婚して双方が幸福になったかといえば、そうではない。

母は牧野を引き取って実家へもどり、懸命にはたらきはじめたし、年に何度か牧野と会う父親は再婚もせず、何だか寂しそうに見えた。

(大人は、つまんないことばかりしている)

牧野が六年生になって、卒業もせまって来た年の正月に、祖父が心臓発作で倒れ、息を引きとった。大人になってからの牧野の持病と同じだ。

祖父は牧野を可愛《かわ》いがってくれたので、子供ごころにも悲しくなり、町内の人びとがあつまっている通夜《つや》の家をぬけ出し、ひとりで泣きたいとおもった。

牧野が裏口から外へ出ようとしたとき、佐土原先生が焼香に来てくれた。

先生は、牧野の家の近くの炭屋の二階に下宿していたのである。むろんのことに独身だった。

先生は、牧野の母にぼそぼそと悔みの言葉をのべ、香典をそなえた。

後で、母が、

「先生は、五十円も香典を下すったのだよ」

さも、おどろいたように牧野へいった。

当時の五十円といえば、一家族の一カ月の生活費といってよい。

それはさておき、佐土原先生は、

「牧野。ちょっと……」

手招きをして、牧野を外へ連れ出した。

「先生、ありがとう」

「うん」

先生は先へ立ち、表通りの向うの細い道へ入った。

入るとすぐ、右側が材木置場になっている。

そこは、同じ町内の翁堂《おきなどう》という菓子屋の地所で三百坪ほどの空地なのだが、その半分を近くの材木屋に貸していた。

この材木置場は、町内の子供たちにとって絶好の遊び場所で、正月になれば、牧野は材木の山の上へのぼり、凧《たこ》あげに夢中となったものだ。

冬の闇がたちこめている材木置場まで来ると、佐土原先生が立ち停まって振り向き、

「牧野は、学校がおもしろいか？」

と、尋ねた。

こたえようがない。牧野は黙っていた。

「学校で、何の勉強が好きか？」

先生の言葉や声には、特殊なものがふくまれている。先生は九州の鹿児島出身だっ

た。

「わかってる。牧野が好きなのは図画だけだろう？」

「ハイ」

「画家になりたいのか？」

なりたいと夢想はしているが、なれるものではないことを牧野は自覚していた。死んでしまった祖父は、牧野を愛して、

「お前をK先生のお弟子にしてやる」

と、いった。その高名な日本画家の名は、いまも牧野の脳裡《のうり》にきざみつけられている。画家夫人の指輪を、祖父がつくったことがあるそうな。祖父の言葉はうれしかったが、牧野は子供ながら、画家になれるだけの才能が自分にあるのか、どうか、よくわからなかった。いや、むずかしいことだと、あきらめていたといってよい。

「まあ、画家でも何でもよか」

と、佐土原先生は故郷の言葉づかいになって、

「牧野。お前は、苦学ちゅことを知っちょるか？」

「知ってます」

「うん。苦学をしてみたら、どうか？　してみなはれ」

「…………」

「俺《おい》も苦学だ。苦学の道はいくらもある。おもしろいぞ苦学も」

牧野は、小学校を卒業して、すぐにはたらくことに決まっており、就職先も略《ほぼ》決まっていた。兜町《かぶとちょう》の株式仲買店である。同じ店に母親の従弟《いとこ》がつとめていて、二人の間で牧野の就職の話がすすめられていることを知っていた。当時の下町では小学校を卒業すると、はたらきに出ることは当然であって、クラスの中で中学へ入る生徒は三分の一ほどだったろう。

ことに牧野は勉強がきらいで、むしろ、はたらきに出ることを待ちこがれていたほどだった。

その夜、それから何を先生と語り合ったか、牧野はよくおぼえていない。

ただ、あの夜、叱ってばかりいた佐土原先生が何故《なにゆえ》に自分を連れ出して苦学をすすめたのか、よくわからなかった。わからぬままに忘れてしまった。苦学というのは、はたらきながら勉強をして上の学校へ行くことだが、先生も苦学をしたのだという。それにしては、小学校の教師として、生徒がいる前で水筒につめた酒をのむようなことを平然と仕てのけるのだから、先生の苦学なるものが当時の牧野には、よく呑《の》み込めなかった。

当時はわからなかったが、いまは微《かす》かながら、

（わかるような気もする……）

牧野になっていた。

男が六十を過ぎれば、小学生のままでいるわけもない。

牧野の人生にも牧野なみの波瀾《はらん》があり、これを潜《くぐ》りぬけて今日に至るまでに、人間というものがいかに矛盾にみちた生きものであるか……そして、その人間がつくっている社会というものがまた、矛盾と撞着《どうちゃく》以外の何ものでもないことを身にしみてわきまえるようになっていた。

さほどに強い印象を残していなかった佐土原先生だったが、地下通路で、はじめて老いた先生の変貌《へんぼう》を見かけた夜は、自分が子供だったころの、さまざまな事どもと共に想《おも》い起され、牧野はまんじりともせず、朝を迎えたのだった。

この日の午後、牧野が古くから知っている山崎が訪ねて来た。山崎はA興行のプロデューサーで、牧野と同年輩の老人だが、いまも元気で仕事をしている。ひとしきり、商業演劇の現状について牧野に「やりにくくて、やりにくくて、どうにもなりません」などと零《こぼ》しながら、

「こんなの、いかがです」

と、雪国で特別に吟醸した酒の一升壜を牧野の前へ出した。東京にいては、めったにのめない珍らしい酒であることを牧野も承知している。

「すまないね、いつも」

「いえ……」

牧野は山崎をさそって、アパートを出た。

このアパートは死んだ妻の勝子が建てておいてくれたもので、部屋の数は二十。牧野は階下の二部屋をつかって独り暮しをしている。ひとり娘の杉代《すぎよ》は三十をこえていて独身だが、まだ女優の足を洗えず、別に暮していて、ときどきテレビに端役《はやく》で出ることもある。

このアパートの家賃が入るので、老いた牧野はのんびりとしていられるのだ。死ぬ前までは、

(どうしておれは、こんな女と一緒になったのだろう?)

これこそ矛盾の極致ともいうべき勝子との生活にくびをひねっていた牧野だが、いまとなっては感謝の二字しかない。勝子は牧野を「浪費の化けもの」と評して、家計のやりくりに苦しんでいたが、その中から、いつの間にか、これだけのものを残しておいてくれたのだった。

「最近、このあたりに旨《うま》いコーヒーをのませる店ができてね。そこへ行こう。ケーキもいいぜ」

「ケーキなんかあがるんですか、このごろは」

「ケーキで酒をのむ」

「御冗談を」

冷めたい風の中を、牧野と山崎は近くの商店街へ向った。

翌日の午後、牧野は映画の試写会へ出かけた。

映画は大好きで、子供のころから観《み》つづけてきた牧野だが、五年前から月刊の婦人雑誌へ映画の紹介と批評を書くようになっていたので試写の案内状が来る。

身仕度をして、去年、娘が珍らしく買ってくれたレインコートを羽織り、牧野は部屋の片隅《かたすみ》へ視線を投げた。そこには、昨日、山崎が持って来てくれた吟醸の名酒が置いてある。

それを見つめたまま牧野は、かなり長い間を立ちつくしていたが、やがて心を決めたように戸棚《とだな》からビニール製の買物袋を出し、酒の罎を紙に包んで入れ、アパートを出て行った。

地下鉄のA駅へ降り立ったとき、牧野の動悸《どうき》が激しくなった。ポケットからケースを出し、例の茶色の丸薬を口にふくみ、地下通路をB駅に向って歩き出した。

はじめて、この通路で佐土原先生を見かけたときも試写会へ出かける途中だったのだが、あの日は映画を観る気にもなれず、タクシーで帰宅してしまった。今日は、そのときに見そこなった映画の最終試写なので、原稿を書くために、どうしても観ておきたかった。

今日も先生はいた。一昨日、二度目に先生を見に来たときと同じように、先生は段ボールの上で眠っていた。となりの円柱の陰にいる中年男も熟睡している。

やや離れた場所から、牧野は立ちどまり、佐土原先生を見た。

通りかかった中年の婦人が、牧野の視線をたどって先生を見やり、また牧野を見た。何をしているのだろうとおもったにちがいないし、牧野の表情も少し変なものになっていたのだろう。

婦人がA駅の方へ立ち去ってから、牧野は、おもいきって歩きはじめた。

わずかに口を開けて寝入っている佐土原先生の肩口のあたりへ、買物袋ごと酒の壜を置き、牧野は逃げるようにB駅へ向った。

試写室へ入って、牧野は額の汗をぬぐった。

(先生は何とおもわれるだろう? のんで下さるか知らん)

映画には身が入らなかった。観終って地下鉄の駅へ行きかけ、ためらった牧野はタクシーへ手をあげた。

翌日になると牧野は、自分でもおかしいほどにそわそわして、コーヒーを一杯のむと、すぐにアパートを飛び出した。

今日も先生は眠っていた。となりの中年男の姿はなかったが、彼の段ボールと三つの買物袋は円柱に立てかけてある。

「あっ……」

おもわず、牧野は口の中で叫んだ。

先生の傍《かたわ》らには、まさに牧野が置いて来た吟醸名酒の壜があった。はなれているのでよくわからなかったけれども、どうやら三分の一ほどはのんだらしい。壜の上に紙コップが被《かぶ》せてあった。

牧野の躰《からだ》が、熱くなった。

わけもなく目の中まで熱くなってきて、

(年の所為《せい》か……)

牧野はA駅へ引き返し、地下鉄に乗ると、一つ先のC駅で降りた。C駅の近くには山崎がつとめているA興行のオフィスがある。山崎はいた。

「この間の酒、旨かったよ。もうないかね」

「あれっ。もう、すっかり?」

「旨いので、のみすぎたかも知れない。ないかね? いくらでもいい。買いたいんだ」

「そんなに、お気に入りましたか?」

「気に入った」

「そいつはうれしい。よござんす。手に入ったら、お電話しますよ」

「たのむ」

「酒をのんで下さい。酒をのまないとダメです」

「何が？」

「何も彼《か》もダメになっちまいます。私は、あなたの酒量が落ちたのを心配していたんですよ」

「でも、毎日のんでいるよ」

「もっと量を増やして下さい。むかしは私と二人で一晩に三升もおやりになったじゃないですか」

「そうだった……」


将来のことは知らず、現時点の日本で、東京で、地下鉄の通路で暮すような浮浪の人には、いずれも特殊な事情があるにちがいない。佐土原先生は、いかにも浮浪の生活が身についている感じだったが、となりの中年男などは服装もよいし、靴《くつ》も光っている。あたたかそうな毛布をかけて眠っていた。

金銭の問題ではない。家がないのだ。あっても帰れない事情があるのだ。家があれば、身許《みもと》が保証され、金がなく、病気だとしても、しかるべき手当を受けることができる。そのかわりに規則をまもり、場合によっては相応の施設へ収容されることもあり得る。それを好まぬ人は浮浪の暮しへ身を投じるよりほかはない。

牧野が小学校を卒業してから、約五十年の歳月が過ぎ去っていた。その間、佐土原先生はどのような人生を送って来たのだろうか……。

この夜も、牧野は眠れなかった。自分は独り暮しだし、アパートには現在、空室が一つある。そこへ先生が入ってくれるならばもっともよいのだが、おそらく牧野が懇請してもむずかしいだろう。入ってくれるような先生なら、あのような浮浪生活へ入るわけもない。五十年の歳月は牧野を変貌させたし、先生も変った。五十年前の原っぱの一夜だけでは現在にむすびつくまい。

むかし、株屋の店員になってから三年ほど後に、路上で同級生に出会ったとき、

「ほら、あの酒のみ先生は学校をやめて、何処《どこ》かへ行ってしまったらしいよ」

と、聞かされたことがある。そのときの牧野には何の関心もなかった。

翌々日の朝、山崎から電話があった。

例の酒が二升ほど手に入ったので、これから持って行くというのを、牧野は「いや、ぼくが行くよ。ついでの用事もあるから」といい、すぐに外出の仕度にかかった。

このところ、曇り日がつづいて、急に寒くなってきた。牧野はレインコートの下へマフラーを巻き、紙製だが丈夫な買物袋をえらび、アパートを出た。

山崎のオフィスで酒を受け取った牧野は、しきりに辞退する山崎へ酒の代金をはらい、C駅へ引き返し、駅の近くのコーヒー店へ入って煙草《たばこ》に火をつけた。医者に禁じられているが、牧野は日に二十本は吸う。持病に悪いことを知っていて、どうしてもやめることができない。

(それと同じだ。あの眠っている先生の顔色を見ても、健康ではないことがよくわかる。それなのに、おれは酒を……人間ってやつは、仕様のないものなんだな)

それならやめればよい。だが牧野の心は弾んでいる。コーヒーをのむのもそこそこに、牧野は地下鉄に乗り、A駅で降りた。

佐土原先生を見ることが何故《なぜ》、このように、わ、く、わ、く、した気持ちにさせるのだろう。わからなかった。

(もしかすると、おれは独り暮しがさびしいのかも知れない)

地下通路を歩みながら、また動悸が激しくなってきた。丸薬を口にふくみ、歩き出した。

先生はいなかった。場所を見間ちがえたかとA駅まで引き返し、ふたたび、ゆっくりと歩みはじめた。見間ちがえではない。あの中年男が先生のとなりの円柱に眠って

いる。

先生の場所には段ボールもなく、買物袋もなかった。通路の、灰色のコンクリートに紙屑《かみくず》が少し残っているのみだった。牧野は茫然《ぼうぜん》と立ちつくしたが、気を取り直して中年男の傍《そば》へ行き、「もし……」と声をかけた。瞬間、男はぱっと眼《め》を開けた。

「あの、前に、此処《ここ》にいた、お年寄りは何処へ行ったのでしょう？」

中年男は、牧野の頭から足許まで入念に見てから、

「あんた、牧野さんていうの？」

「よく、それを……」

「われわれは眠っているように見えても起きてるんだよ、昼間はね。ほんとに眠っちまったら、こういう荷物を掻《か》っぱらわれちまうこともあるし、何が起るか知れたものじゃないからね。警官《おまわり》が来れば逃げなくちゃいけないしね」

「…………」

「そこにいた人は、一昨日《おととい》からいないよ。寒くなったから暖いところへ行くといってたがね」

「暖いところ……」

「そう。でも、冬は此処が一番暖いんだけどね」

いいながら、男はポケットを探った。

「あんた、この前、そこへ酒を置いて行った人でしょ。あの酒は凄《すご》く旨かった。そこの人が私にものませてくれたんだ」

「あ、そうですか……」

「あれ、何処へ行っちまったのかな？」

つぶやきながら、男は尚《なお》もポケットを探りつづけていたが、

「あった!!」

大きな声と共に、ポケットの中から何か摘《つま》み出した。

「これをね、これを、あんたにわたしてくれとたのまれた」

「だれにです？」

「そこの人に……」

男は、牧野の手へ、ポケットから出した物をわたしてよこした。

それは、幅のひろい、ふといゴム紐《ひも》だった。

ゴム紐は、買ったばかりのように真新しかった。

二　蛸《たこ》饅《まん》頭《じゅう》

「ほら、杉ちゃんが出ているよ」

と、テーブルの向うのテレビを指して、田村が牧野にいった。

いわれて目をやると、なるほど、牧野のひとり娘の杉代がテレビの時代劇に出演している。

「あいつの出てるドラマなんか観《み》たくもない」

消してくれといいたかったが、ここは田村の自宅であると同時に、彼が経営しているコーヒー・パーラー〔イコブ〕でもある。テレビを楽しんでいる客が十人ほどいた。

近ごろ改築したとかで、十年前に牧野が訪れたときにくらべると、見ちがえるように明るく、しゃれた店になっていた。

田村茂男は、牧野にとって子供のころからの友人である。

小学校では同級だったから、田村も佐土原先生の生徒だったのだ。牧野は太平洋戦争で海軍にとられるまで、この町に暮していた。町は戦災を受けて丸焼けとなったが、一人、二人と旧町内の人びとがもどって来て、牧野が子供のころから見知っている家族も少くない。

田村の店は、もとA印刷所だったのを、二十年ほど前に田村が買い取り、パーラーを開業したのだった。

「杉ちゃん。うまくなったねえ。ふうん、おどろいたなあ」

しきりに、田村がほめてくれる。

まんざら、世辞をいっているのではないらしい。

田村は子供のころから、心にもないことをいうような男ではなかった。

ぬるくなったコーヒーをのみながら、牧野はちらちらとテレビへ目をやる。

田村は、牧野の微《かす》かな舌打ちを耳にした。

牧野の目には、何だか得体の知れぬ時代劇で、杉代は武家の妻を演じていた。むろんのことに主役ではない。しかし、今夜のは台詞《せりふ》も多く、何やら大声をあげて、武士の夫を罵《のの》しっている。

「あなたは、それだから、いつまでも出世ができないんですよ!!」

と叫ぶありさまは、まるで、現代サラリーマンの家庭のようだ。

牧野は、ためいきを吐《つ》いた。

「どうした？」

田村が顔をのぞきこむのへ、

「いや、何でもない」

牧野が今夜、自分が生まれ育った町へ来たのは、田村に会って、佐土原先生のことをはなしてみようとおもったからだが、いまは、それも面倒になってきた。

「ちょっと……」

田村が、店の女をよび、

「コーヒー、熱いのと換えてくれ」

と、命じてから、

「ねえ、牧野。うちのコーヒー、どうだろう？」

「いいよ。とても旨《うま》い」

「そう。安心したよ」

田村も、牧野が世辞をいうような男でないことをよくわきまえている。

「むかしは、ひどかったね」

「開店したばかりだったからな。あれから、ずいぶん研究した。いまは、いいところから豆が入るので安心だけれど、これも年々ちがうので、気がゆるせないんだ。産地の天候にも関係してくるしね」

田村の声には張りがあった。容貌《ようぼう》も若く、六十をこえた男だとはおもえない。さすがに髪へ白いものが増えたけれども、牧野の白髪頭《しらがあたま》とくらべたら何しろ髪の量感がちがう。顔の皺《しわ》も少い。

語り合ううちに、テレビのドラマが終った。

「さて、そろそろ帰るかな」

牧野は腰をあげた。

勘定をすませようとする牧野へ、田村が、

「そんなことをするなよ」

「ま、いいじゃないか、商売は商売だ」

田村は苦笑を浮かべたが、強《し》いて、とどめようとはしない。

どちらからともなく、外へ出た。

初冬の、あたたかい夜で、まだ更《ふ》けてはいなかった。

「牧野。清鮨《せいずし》へ行かないか」

「まだ、やっていたのか」

「やっている。このあたりにもマンションが増えてきたが、却《かえ》って出前がいいらしいよ」

「なるほど」

牧野は、佐土原先生のことを田村へ語る気持ちを失っていた。

田村の店でコーヒーをのんでいるうちに、なんとなく、あの地下通路における佐土原先生の姿を、自分ひとりの胸の内へしまっておきたくなったのだ。

田村の店の裏手へ出た。

その裏手に、むかしは三百坪の空地があり、その半分が材木置場になっていたのである。

牧野の祖父が死んだ日の夜、佐土原先生に連れ出されて、苦学をすすめられた材木置場だったのだが、いまは空地も半分になってしまい、むかし、材木が積んであった場所には五階のマンションが建っている。

「でも、まだ半分、残っている……」

牧野は、つぶやいた。

半分残った空地と細道をへだてた、こちら側も、マンションが建てられつつあった。

立ちどまった牧野が、

「夜の所為《せい》か、子供が出ていないね」

「昼間だっていないよ」

「どうして？　折角、これだけの原っぱが残っているのに……」

「だって、そうだもの。いまの子供はパソコンやファミコンに夢中だから外では遊ばないんだよ」

「ファミコン、ねえ……」

「それとテレビだ」

「ふうん……」

「翁堂《おきなどう》の御隠居はね、このあたりの子供たちの遊び場所に、せめて、この原っぱだけは残しておきたいといってたんだがね」

「じゃあ、まだ、この原っぱは翁堂がもっているんだね？」

「いまのところはね。でも御隠居は、この夏に死んでしまったし、第一、いまいったように、このごろの子供たちは家の中で遊ぶんだよ。みんな、自分の部屋をもっているしね、ファミコンに夢中だし……」

　同じ町内の翁堂では、いまも、むかしのままに蛸饅頭という菓子を売りものにしているらしい。それが、ふしぎによく売れて、生計に困るわけではないのだが、八十二歳の隠居が死ねば、

「あとは養子の天下だから、この原っぱもどうなるかね。駐車場にするというはなしもあるらしい」

「ね、田村」

「何だい？」

「鮨屋へ行く前に翁堂へ行って、蛸饅頭を買おう」

「よせやい」

「何故《なぜ》？」

「そんな爺《じじい》のまねはよせよ。だいたい牧野、お前はだね」

「いや別に、むかしをなつかしがってるわけじゃない。田村。このごろのおれは甘い物が好きになったんだよ」

「冗談いうな」

「本当だ」

田村は、気味わるそうに牧野を見てから、視線を腕時計へ向けて、

「あ、翁堂はもう店を閉めてる」

「そうか。仕方がないな」

「なんであんなものにこだわるんだ。ただの饅頭に蛸の絵が焼印で捺《お》してあるだけじゃあねえか。うまくも何ともない、つまらない饅頭だよ」

「でも、そうまずくもなかった。いまは知らないけどね」

田村は頸《くび》を振りながら、歩き出した。

「牧野。清鮨へ行こうよ。いいかい、今夜の勘定はおれだよ」

「ああ、御馳走《ごちそう》になろう」

このあたりは、むかし、夜ともなれば闇《やみ》が濃く、その夜の闇の中へ泳ぎ出して遊びまわるのが、子供たちのたのしみだった。しかし、いまは街灯が立ちならんでいて、腕時計の針が見えるほどに明るい。

道を右へ曲がり、また左へ曲がると、突き当りに清鮨の電気看板が見えた。

「ほう。むかしのままだね」

「でも牧野。清鮨の地所は借地なんだよ」

「え……？」

「いま、借地は危ないんだ。いつなんどき、何が起るか……」

いいかけた田村が、

「お前のアパートは借地じゃないのだろうね」

「ああ、死んだ女房が買ったんだ」

「お勝さんは、いまにしておもうと、えらかったねえ」

「お前のとこ、亡《な》くなってから何年になる？」

「来年、十七回忌だ。おい牧野。よそうよ、こんなはなし。おれたちは死ぬまで、むかしのまんまのおれたちだよ」

「うん。まあ、な……」

「むかしの子供のまんまで、これからも行こうじゃないか」

「いいなぁ、お前は、若くて……」

　清鮨の看板が近づいてきた。

　この夜も遅くなって、自分のアパートへ帰った牧野へ、杉代から電話がかかってきた。

「お父さん、何処《どこ》へ行ってたのよ？　先刻《さっき》から二度も三度もかけてるのにいないんだから……」

「おれの自由だ」

「何だか、このごろ怪しいわね」

「ばか。いいかげんにしろ」

「じゃ、何処へ行ってたのよ？」

「田村の店だ」

「田村、って……あ、お父さんの子供のときからの……」

「そうだ。田村の店のテレビで、お前を観《み》たよ」

「あら、めずらしい。チョンマゲ・ドラマでしょ」

「うん。ひどかった」

「ドラマが？」

「ドラマも、お前も、両方ひどかった」

「何処がいけなかった?」

と、杉代の口調が変った。こういうときの杉代は、男に捨てられたときと同じで、悍馬《かんば》のようになる。こんなことでは演出者やプロデューサーの気に入られるわけがない。だから仕事が少いのだと牧野はおもっているが、それでいて、杉代はなかなか沈没しない。あきらめかけると、新しい仕事が入って来るものだから、三十四歳の女が、いまだに役者稼業《かぎよう》から足を洗えないのだ。

「どこが悪いのよ、どこよ?」

突っかかってくる杉代の声に、以前の牧野なら怒鳴り返すところだが、近年は堪えることをおぼえた。怒鳴ったり興奮したりすると、持病によくないからだ。

「いうことは切りがないがね。お前、今夜のテレビで侍の妻を演《や》っていたね」

「それがどうしたのよ?」

「黙って聞け!!」

「…………」

「江戸時代の人妻が、どうして眉《まゆ》を剃《そ》らないんだ。なぜおはぐろをつけないんだ」

「古い!!」

「古い時代のドラマだから……」

「いえ、古いのはお父さんよ」

「何だと!!」

「いまどき、そんなことをいってるのはお父さんぐらいなものよ」

「いいか、お前だって若いころは、現代座という歴《れっき》とした劇団の釜《かま》の飯を食ってきたんじゃねえか。それなのに、あのザマはなんだ」

われ知らず牧野も、むかし自分の脚本を演出していたころの口調になり、

「あんなドラマを、あんなふうにしか演れないのでは女優ともいえねえ。早く足を洗って子供の世話でも身を入れてしろ」

「よけいなお世話よ」

杉代が荒々しく電話を切った。

「バカ」

切られた電話へ低い声を投げてから、牧野は浴室へ行き、ガスの火をつけた。

入浴をすませ、冷蔵庫から黒ビールを出して来て、栓《せん》をぬいたとき、電話が鳴った。

「もしもし、牧野です」

「さっきは、ごめんなさい」

杉代だった。こういうところが、以前の杉代とは少しずつちがってきている。むかしの二人だったら、激しくやり合った後、何日も何カ月も口をきかなかったものだ。

「わかればいい」

「お父さん。私だけ眉を落し、鉄漿《かね》をつけたら浮いちゃうのよ。ほかの女房役は、みんなそれをしないんだもの。かえっておかしいでしょ。脚本《ほん》も知らなきゃ演出家も知らない時代になっちゃったんだもの」

「…………」

一言もない。そのとおりだ。

「それに、あれはチョンマゲ・コメディだし……」

「コメディというものはな、脚本や演出や役者だけでおもしろがってるものじゃないぞ。観ているほうをおもしろがらせるものだ」

「つまらなかった？」

「いうまでもない。それに、お前……」

と、いいかけた牧野が、

「もうやめよう。おれは眠くなってきた。今日は、むかしの連中に鮨屋で会って、いささか飲みすぎている。お前も寝ろ」

「はい」

今度は気味のわるいほど素直な杉代だ。

「高男《たかお》は元気か？」

「ええ。久しぶりに、おじいちゃんに会いたいって。明日、そっちへ行っていいかしら？」

小学校四年生の高男は、杉代が二番目の恋人との間にもうけた男の子で、したがって牧野の初孫ということになる。

以後、杉代は三人の男を恋人にし、いずれも別れた。五番目のHとは、今年の夏に別れたばかりだった。

Hは新劇の演出家だそうだが、一度、杉代も出ている舞台を観に行って、牧野は辟《へき》易《えき》したことがあった。

新劇というかアングラというか、暗い舞台にライトが火花のように飛び散り、客に背中を向けた役者たちが叫び合い、怒鳴り合う芝居で、何を演っているのだか、さっぱりわからぬままに帰って来たことがある。

あとで「お前のセリフも、さっぱりわからなかった。客へ尻《しり》を向けていたのではセリフは通らないと、Hへいってやれ」牧野に、そういわれた杉代と大喧嘩《おおげんか》になったものだ。

「ねえ。明日、高男と行っていい？」

「いいよ」

「去年の誕生日にプレゼントしたレインコート、着てる？」

「着てる」

「どう？」

「おれに向いてる。あ、そうだ」

「何？」

「明日、来るんなら、道順だから、翁堂の蛸饅頭を買って来てくれ」

「タコ……何、それ？」

「田村の店の近くの翁堂だ」

「あ……あれか。あんなもの、どうするの？」

「おれが食べる」

「まさか……」

「ほんとうだ」

「お父さん。このごろ、どうかしているんじゃない？」

「ツベコベいうな。たまには、おれのたのみも聞いたらどうだ。寒くなってきた。もう寝る」

「風邪引いたらダメよ」

「そのセリフは高男にいってやれ」

「ね、お父さん」

「うるさいな。何だ？」

「やっぱり、高男のこと可愛《かわい》い？」

「そんなこと知らないよ」

「ね、可愛い？」

「しつこいな」

「あのねえ、お父さん……」

まだ何かいいたそうな杉代に、牧野があらたまった声で、

「杉代」

「はい」

「お前、さびしいのか？」

「お父さんは？」

「さびしくないよ」

こういって、牧野は電話を切った。

三　市川扇十郎《せんじゆうろう》

材木置場に積まれた材木の山の上で、少年の牧野が、小学校の宿題をしている。牧野が最も嫌《きら》いな算術（算数）の宿題だ。

春の日ざしが、いっぱいにひろがっている材木置場は、少年の天国だ。

むかしの子供たち……ことに東京の下町では、子供の部屋がある家庭などは、ほとんどなかった。

牧野のクラスでも五十数人の生徒の内、自分の部屋をもっているのは一人きりだった。それが普通だったし、子供たちもまた自室を欲しがらなかった。

牧野は少年のころから、母にも祖母にも〔変人〕あつかいにされていて、たまさかに牧野の笑い声がすると、

「あれ、圭吉《けいきち》が笑っている」

「めずらしいことがあるものだ。どんな顔して笑っているのか、ちょいと見て来よ

う」

などと、いわれたものだった。

六十をこえたいま、少年時代の自分をかえりみて、牧野も（たしかに変っていないとはいえなかったな）と、おもうし、だれにも邪魔されず、独りきりで本を読んだり絵を描《か》いたりすることが無上のたのしみだったが、そのたのしみは自分の部屋がなくとも、いつ、何処《どこ》でも得られたのである。

たとえば、この材木の山の上では、いつでも独りきりになれたし、友だちの、大工の子の家の下小屋《したごや》だとか、上野公園へでも足を伸ばせば、そうした秘密の場所がいくらもあった。

ガリ版刷りの宿題をやっているうちに、牧野は、いつしか眠ってしまった。そこへ、いつの間にか、牧野の曾祖母《そうそぼ》が可愛《かわ》いがっている白い猫《ねこ》がやって来て、ぺろりと牧野の鼻先を嘗《な》めた。

牧野の夢は、そこでさめた。

目ざめれば、六十をこえた老人の牧野である。

炬燵《こたつ》から手を伸ばし、先《ま》ず、電気ストーブをつける。新しい年が明けて、牧野は六十五歳になった。なったが実感はない。年毎《としごと》に体力のおとろえを思い知らされるけれど、気持ちは、むかしと少しも変らないようにおもう。妻の勝子に死なれて独り暮しをはじめたわけだが、別に、不自由だとは感じない。

勝子は、息を引き取る前に、

「私がいなくなっても、お父さんは大丈夫だから……お父さんは、新しい暮しに、すぐ慣れる人だから、ね」

牧野に、そういった。

しばらくすると、部屋が温まってきた。

新聞を取りに行こうとして半身を起したとき、電話が鳴った。電話は眠るとき、枕《まくら》元《もと》へ引き寄せてある。牧野は、また寝床へもぐり込みつつ、受話器を取った。

「もしもし、牧野です」

「あけましておめでとう。扇十郎です」

俳優の市川扇十郎からだった。

「牧野さん。私、いま、大阪にいます」

「へ、どこへ出ているの?」

「Mホールです。佐々木《ささき》淳子《じゅんこ》の助《すけ》っ人《と》ですよ」

「あ、そうか。このごろのぼくは、君の動静さえもわからなくなっちまった。ま、かんべんして……」

「いえ、今日お電話をしたのは、今年の秋に、あなたの雨《あめ》の鈴鹿《すずか》川《がわ》を再演できそうなんです。よろしいでしょうか？」

「いまどき、ぼくのものなんか、舞台にのせてくれるのかね？」

「たぶん、やれるとおもいます。それで、私も張り切ってるんですよ」

「ふうむ……」

牧野の胸が、わずかに騒いできた。

「それでね、牧野さん。むかし、萩原千恵子《はぎわらちえこ》が演《や》った女髪結《おんなかみゆい》のお信《のぶ》を、ぜひ、杉ちゃんに演ってもらいたいんです」

「むすめに？　冗談じゃない」

「こんなことをあなた、冗談でいえますか」

市川扇十郎は、小芝居の役者の子に生まれた。

牧野は、彼が扇太郎《せんたろう》と名乗っていた子役時代の舞台を観《み》たことがある。彼は、父の先代・扇十郎と共に、後日浅草の小芝居〔開明座《かいめいざ》〕に出て、先代萩《せんだいはぎ》の千松《せんまつ》を演じていた。

「扇太郎は名子役だよ」

と、牧野を連れて行ってくれた曾祖母が、舞台の千松を観て感服の様子だった。

その後、扇十郎は天才的な子役ぶりを買われ、大芝居《おおしばい》の歌舞伎《かぶき》座へも出られるようになったが、成長するにつれて、役がつかなくなってきた。大芝居では何といっても名門の子弟と、それぞれの門閥が物をいう。

戦後は、小芝居もなくなってしまい、扇十郎の苦労も非常なものだったらしいが、同時に彼は、あらゆる面における芸道の研鑽《けんさん》を積んだらしい。

そのうち、いつとはなしに、彼の名は識者の間に知られるようになった。一時は関西の舞台に出ていたこともある。また、東京でも、ある大物俳優の急病に代役をつとめ、大評判になったことを牧野はおぼえている。

扇十郎は、今年で六十歳になったはずだ。

牧野が市川扇十郎と知り合い、彼のための脚本を書いたりしたのは、扇十郎が〔現代座〕へ客演するようになってからだ。

〔現代座〕は、大女優とも名女優ともいわれた萩原千恵子が主宰する劇団で、三十年ほど前の、そろそろ、団体客にたよらなくてはならなくなった商業劇団の中にあって、若い観客が三階席へ詰めかけるほどだった。

萩原千恵子は、すでに引退し、〔現代座〕も消滅してしまったが、一時期の萩原は自分のための演目《だしもの》のほかに、腕の立つ男の人気俳優をつぎつぎに客演させ、そのための脚本を得るために労を惜しまなかった。

市川扇十郎も何度か、歌舞伎の舞台をはなれて〔現代座〕へ客演したものだ。そう

市川

したときには、萩原千恵子の現代物、あるいは明治物に、扇十郎の時代物をならべ、双方が、それぞれの演目につき合った。

牧野の娘の杉代が、牧野の大反対を押し切り、萩原千恵子の弟子になったのもそのころだし、牧野が扇十郎のために〔雨の鈴鹿川〕を書き、演出して評判をとったのも、そのころである。

〔雨の鈴鹿川〕の主人公は、唖の老博徒《ばくと》である。唖だから、むろんのことにセリフが無いのだが、扇十郎は、この役を見事に演じ、大評判をとった。

それも女髪結を演じた萩原千恵子の卓抜な助演が、

(あったればこそだ)

と、牧野は、いまも思っている。

その女髪結の役を杉代に演《や》らせると、扇十郎はいっているわけだが、

(冗談じゃあない。とてもむりだ)

いま、扇十郎が客演している佐々木淳子は映画スタアだった女優だが、舞台でも人気があって、年に五度は東京、大阪の舞台に出る。

そのときの顔ぶれは、ほとんど決まっていて、扇十郎は、

「淳子は、うまく行くと萩原千恵子になれる素質があるんですがね。何しろ当今は、

ひどい脚本《ほん》ばかり演らされているから、芸がもう一つ伸びない」

とのことだ。

むかしとちがい、いまは学芸会なみの脚本と、何も知らない演出家のほうが繁昌《はんじょう》するし、興行をするほうも役者も、それをよろこぶ。

佐々木淳子は、現代物も時代物もできるところから、しばしば市川扇十郎を招く。

「いつも扇十郎さんのお世話になっているのですから、このつぎは、一本立てでなく、私が一本、それに扇十郎さんの演目を一本、二本立てでやりましょう」

淳子が、そういって、この秋の東京公演をする劇場側と交渉したところ、どうやら、それで決まりかけていると、扇十郎はいうのだ。

「それなら、女髪結を、佐々木淳子に演らせればいいじゃないか」

牧野がそういうと、

「そりゃだめです。ちがいますよ。淳子にあの役はできませんね」

言下に、扇十郎がこたえた。

「だって……」

「いや、杉ちゃんには、あなたが御存知ない見どころがある」

「そうはおもえないね」

「それに、あの芝居を現代座で演ったときには、杉ちゃん、萩原千恵子につきっきりでいたのですから、よくおぼえています」

「そりゃそうだろうが、それだけで杉代が……」

「演るときは、むろん、あなたが演出して下さるでしょうね」

「むりだ。とてもできない」

「どうしてです？」

「体力がない」

「な、何ですって？」

「おとろえているから、演出はむりだ」

「何処《どこ》か、いけないんですか？」

「心臓」

「えっ」

「すでに一回、発作を起しているんだよ」

「…………」

扇十郎は沈黙した。

「君ねえ、ぼくはもう、芝居で自分の血を荒らしたくないんだよ」

「…………」

「芝居は役者も演出も、体力だ」

「…………」

長い沈黙の後に、

「知らなかった……」

呻《うめ》くように扇十郎が、

「あなたが、心臓の発作を起したなんて、ちっとも知りませんでした」

「だれも知らないよ」

「私が知らなかったという法はない。何故《なぜ》、そのとき知らせてくれなかったんです」

扇十郎の声は、ふるえている。意外だった。

市川扇十郎は〈雨の鈴鹿川〉の再演をあきらめなかった。

大阪から、いろいろな贈り物を届けて来て、長い手紙をよこした。

それによると、自分は、あのときの牧野の演出をすべておぼえている。牧野が演出をしないというなら、牧野の名で、

「私がやります」

と、いってよこした。

そこまでいわれては、断わる理由が見つからなかった。

十二年ぶりで、自分の脚本が、ことに扇十郎によって再演されることは、むろんの

ことに牧野はうれしい。ただ、杉代に、あの至難の役を演《や》らせて、恥をかかせたくなかった。

（とても杉代には、演れるものじゃあない。どう考えてもむりだ）

二月に入って間もなく、今度は名古屋から扇十郎が電話をかけてきた。大阪の芝居を終えるや、名古屋M座の歌舞伎公演に出ているという。

「牧野さん、お手紙を拝見しました。私が、あなたの代りをすることを承知して下すって、ありがたいとおもいます。現代座のときと寸分《すんぶん》ちがわぬ舞台をお目にかけますよ」

「ただし、扇十郎さん。杉代はだめだよ」

「それほどにおっしゃるなら、もう一度、よく考えてみましょう」

「ああ、そうして下さい。たのむ」

「わかりました。ともかく、いまは、何事につけ、むかしのようには行きません。ひどい役者ばかりになってしまいましたから……」

「ふむ、ふむ」

「配役は、あなたの代りをつとめる私に、おまかせ下さいますね」

「いうまでもない。演出はあんただもの。むしろ、あんたの名前で演出、出演にしたほうが、かえって話題になるのじゃないかな。そうだ、そのほうがいいよ、扇十郎さん」

「はあ……」

間を置いて扇十郎が、

「ありがとう存じます」

そういったとおもったら、突然、電話を切った。

（……？）

こんなことは、扇十郎にかぎってないことだ。電話のときは必ず、牧野が受話器を置くまで、扇十郎は切らない。

（何だか、あわてていたようだな。きっと、短かい幕間《まくあい》にかけてよこしたのだろう）

と、牧野は推測した。

このことを、親しいA興行のプロデューサー・山崎にだけは告げておきたかったが、結局、秋の公演が、もっと具体的に決まるまでは黙っていることにした。

何故なら、芝居の世界では、公演のポスターができあがり、新聞に発表されるまでは、さまざまな、複雑な事情から上演中止または延期となることが少くないからである。いまの商業演劇がどうなっているか、牧野は知らないし、知ろうともおもわないが、牧野が仕事をしていたころは、めずらしいことではなかった。

（しかし、あの芝居は、萩原千恵子あってこそ、扇十郎も生彩をはなったのだし、そもそも、あの二人にあてて脚本を書いたのだから、今度、扇十郎が佐々木淳子と演っても、おもうように行かないだろう。なにしろ、唖の博奕打《ばくちう》ちなのだからな）

牧野には、あまり、期待がもてなかった。

唖だからセリフがない老博徒の演技は、一にかかって相手役の女髪結のセリフと演技によって引き出されることになる。これが下手だったら、いかに扇十郎といえども、どうにもならないのである。

佐々木淳子は、映画出身だが、舞台は、しっかりしているそうだ。しかし、牧野は一度も彼女の舞台を観ていない。

いずれにせよ、あれだけ念を押したのだから、市川扇十郎は佐々木淳子に出てもらうことにするだろう。


名古屋から扇十郎が電話をよこして十日ほど経《た》った或日《あるひ》の朝、牧野は廊下へ靴《くつ》を出し、磨《みが》きはじめた。このアパートの管理人は、入口に近い部屋を貸している中年の会社員夫婦だが、管理の仕事をすべてやってもらうかわりに、牧野は七万円の部屋代をとらない。

その妻君は、牧野の部屋の掃除もしてくれるが、靴磨きと下着の洗濯《せんたく》だけは自分でやる。こんなことは、むかしの男なら少しも苦にならないし、ことに靴磨きは好きだった。靴だけは妻の勝子にもさわらせなかったものだ。

電話が鳴った。ちょうど、掃除をしてくれていた管理人の妻君が出た。

「牧野さん。杉代さんからですよ」

靴磨きをやめて、牧野は部屋へもどった。

掃除を終えた妻君は、廊下の向う側の自室へ入って行った。

「なんだ?」

「何よ、お父さん、その声」

「何が、どうした?」

「ほんとにもう、ぶっきらぼうなんだから……」

しかし何やら、杉代の声が弾んでいるようだ。

「御機嫌《ごきげん》らしいな。新しい男でもできたのか?」

「バカ」

「バカとはなんだ、親に向って!!」

と、牧野が怒鳴りつけた。

「すみません」

杉代の声が笑っている。どうやら新しい恋人があらわれたらしい。

(おれはいいが、あいつは、高男のことを少しも考えないのか……)

胸が重苦しくなってきた。

「お父さん。昨夜、扇十郎さんから電話があったの」

「何の電話だ？」

「お父さん、ありがとう」

「何？」

「秋の昭和劇場公演で、雨の鈴鹿川、扇十郎さんで上演《でる》んですってね。そして、千恵子先生がお演《や》りんなった女髪結のお信《のぶ》を、私に演らせてくれるんですってね。ありがとう。うれしいわ」

「おい、ちょっと待て」

牧野の声が、あらたまった。

「お前、何か勘ちがいをしているんじゃないか。おれは、お前に演らせるつもりはない。お前に恥をかかせたくない。このことは扇十郎さんにも、はっきりといってある」

「お父さん」

杉代の声も高くなって、

「今度は、お父さんが演出するのじゃないでしょう。配役は演出家の権利だと、扇十郎さんがいってらしたわ!!」

「…………」

　杉代の言葉は、まさに、そのとおりといってよいが、いまの商業演劇の世界で、配役は演出家の権利だといいきれるか、どうかだ。たとえ市川扇十郎が杉代を準主役の女髪結に起用したいとおもっても、杉代のようにバリューのない女優を劇場側が承知するとは到底おもえない。

　劇場としては、どうしても佐々木淳子との共演をのぞむにきまっている。

　しかし、万一にも杉代が出演できるようになれば、

（杉代ばかりか、扇十郎までが恥をかくことになる）

　どういいき目にみても、

（杉代に、あの難役は演じきれない）

　と、牧野は考えている。

　扇十郎は、自分がこれとおもい、決意をかためてしまうと梃子《てこ》でもうごかなくなる。その芯《しん》の靭《つよ》さ、強情さは扇十郎を別人のようにしてしまう。

　小芝居からたたきあげ、大芝居へ入り、さんざんに苦労をなめてきただけに、いざとなると利害を度外視して肚《はら》を据《す》えてしまうところが扇十郎にはあるのだ。

　牧野は、扇十郎のために五本の芝居を書いているが、演出を担当したのは〔雨の鈴鹿川〕一本きりだ。このときは何から何まで二人の呼吸がピタリと合ったので、トラ

ブルは全くなかった。

けれども、扇十郎が大小のトラブルを数えきれぬほど起してきた事実はまぎれもないことで、牧野はA興行のプロデューサー・山崎からも聞かされているし、劇界では扇十郎の強情、頑固《がんこ》を知らぬ人とてないのである。

歌舞伎の、ある大立者《おおだてもの》が〔夏祭浪花鑑《なつまつりなにわかがみ》〕の団七九郎兵衛《だんしちくろべえ》を演《や》ったとき、扇十郎は三河屋義平次《みかわやぎへいじ》をつとめたことがある。

その折、大立者が、こういったそうな。

「いまはできる役者が少くなったものだから、仕方もなく扇十郎に義平次を演らせたが、いやもう、あんな生意気な野郎は見たことがねえ。おれの注文をフンと上《うわ》の空で聞いていやあがって、どうなることかとおもったが、することなすことが堂に入って、ことに長町《ながまち》裏の殺しになると、その演りやすいことといったら文句のつけようがなかった。憎体《にくてい》なやつだが扇十郎は、たしかにうめえよ」

五十をこえてからの市川扇十郎は、歌舞伎界でも、このようにみとめられるようになったし、山崎も、

「このごろは扇十郎さんも、だいぶ練れてきました。これはちょっといけないかなとおもう楽屋割りをしても、全く文句をいいません。それもこれも、歌舞伎の舞台だけではなく、あっちこっちの舞台へ出るし、新劇にまで出て評判を取るというわけです

から、焦《あせ》りがなくなったのでしょう」

つい先ごろ、牧野にそういっていた。

(杉代の起用で、トラブルを起さないといいが……それにしても扇十郎は、ほんとうに杉代を出すつもりなのだろうか？)

扇十郎は、まだ名古屋の劇場に出演しているはずだ。電話をして、たしかめようとおもったが、扇十郎の言葉を聞くのが牧野は怖かった。

「杉代はだめだよ」と、前にいった牧野へ、扇十郎は「では、もう一度、よく考えてみましょう」と、こたえている。

そして、牧野の代りに演出もすることになった扇十郎は「配役は、おまかせ下さいますね」と、念を入れてきた。

そのときは、杉代のことをあきらめてくれるとおもった牧野は「いうまでもない。演出はあんただもの」と、こたえたのだ。

(やはり、扇十郎は杉代をあきらめなかった……)

扇十郎から出演依頼もないのに、杉代が自分へ電話をかけてよこすはずがない。それに、そこまではなしがすすんでいるというのは、劇場側も佐々木淳子も、杉代の出演を受けいれたということになるではないか。

(ああ、困った……)

女優のむすめに大役がついたことを、少しも、よろこべない。

（杉代のバカめ。身のほど知らずもいいところだ。これは杉代のほうから辞退すべきなんだ。あの役が、どんなにむずかしい役か、杉代は萩原千恵子についていて、よくわかっているはずだ）

結局、杉代とは喧嘩《けんか》わかれになって電話を切ったあと、牧野は持薬の小さな丸薬をのみ、気をしずめた。

しばらく考えてから、A興行の山崎へ電話をかけた。

「山崎です。また、あの酒が御入用ですか？」

「いや、そうじゃない。ちょっと、たのみたいことがあって……」

「すぐ、御宅へうかがいます」

「いや、ぼくのほうのたのみごとだから、ぼくが行く」

「そんなこと、どうでもよござんす。これからすぐ、タクシーで行きます」

山崎のほうから電話を切って、一時間もするとアパートへあらわれた。

プロデューサーの山崎は、牧野からすべてを聞くと、即座にこういった。

「あなたが、そうお思いなら、杉代さんに恥をかかせたらいいじゃありませんか。いずれにしろ、はっきりと自分の実力がわかるのですから、恥をかいたとしたら、杉代さんもこの世界から足を洗うでしょう」

　長年のつきあいで心をゆるし合った山崎に、ズバリといわれたとき、牧野は、むしろ胸の内が軽くなった。

「そ、そうか……」

「そうです」

「だが……だが、扇十郎さんに恥をかかすことになると……」

「そんなことあなた、扇十郎が決めたことなんですから、気にかけることはない。そりゃあ、萩原千恵子と同じように杉代さんが演《や》れるとは私も思いません。それは、扇十郎だって百も承知のはずです」

「ふうむ……」

「雨の鈴鹿川は、これまでに方々から再演のはなしが出たことは牧野さんも御存知のはずです」

「そりゃ、まあ、ね」

「ところが扇十郎は、初演の萩原千恵子の女髪結が、あまりによかったこともあり、千恵子が間もなく引退してしまったものだから、その後の上演は、みんな断わってしまった。あなたも断わった。そうでしたね」

「うむ」

「その扇十郎が、ぜひにも杉代さんと演《や》りたいというからには、それだけの目算と自信があるんだとおもいます」

「いや、それはちがうとおもう。扇十郎さんは、久しぶりに、ぼくの旧作を上演して、ぼくをよろこばせるつもりなんだ。だから……」

「市川扇十郎という男が、そんな男に見えますか？」

「ちがうかね？」

「ちがいます」

「どうして？」

「扇十郎は、雨の鈴鹿川という芝居に惚《ほ》れ込んでいるんです」

「まさか……あの芝居より、もっといい芝居を彼はいくつも演っている」

「そうじゃないんです。ちがうんです」

「何が、ちがう？」

「…………」

山崎は、凝《じっ》と牧野を見つめてから沈黙し、煙草《たばこ》を取り出した。

一本、二本と、山崎は無言で煙草を吸いつづける。

牧野も同様だった。

強くなってきた風が窓ガラスを鳴らしている。

こういうときの二人は、芝居の仕事を共にしていたころの製作者と脚本家そのものだった。

「牧野さん……」

しばらくして、山崎が煙草の火を揉《も》み消しながら、いつになく重苦しげな声で、

「それに……市川扇十郎は、あの雨の鈴鹿川という芝居には特別の、思い入れがあるのです」

「どんなこと?」

「いえません」

「なぜ?」

「だれにもいわないと約束をしたからです」

「だれと?」

「扇十郎とです」

今度は、牧野が沈黙する番だった。

芝居の世界にいる人の中で、山崎の口の堅さはだれも知っている。

そうした人柄《ひとがら》だからこそ、牧野との交際も長いのだし、俳優たちの信頼も、きわめて厚いのである。

仕事からはなれているときの山崎は、楽天的な、どちらかといえば饒舌《じょうぜつ》で、明朗な

男だが、いざ仕事となると人柄が一変する。芝居の世界において絶え間もなく起るトラブルを、山崎は強靭《きょうじん》な〔沈黙〕によって切り抜け、乗り越える。

「少し寒くなった。コーヒーでもいれよう」

つぶやいて、立ちあがりかけた牧野へ、山崎が、

「牧野さん。あなたが思っていらっしゃるほど、杉代さんはへたな女優ではありませんよ」

と、いった。

それは、むしろ牧野を叱《しか》りつけるような口調だった。

「きみの言葉とは思えないな」

「私が、あなたに一度でも嘘《うそ》をいったことがありますか。まずいといったら、いまの役者は、みんなまずいのです。そういう世の中になってしまったんですよ」

牧野は、コーヒーをいれてから、あらためて山崎に二つのことを調べてくれるようにたのんだ。

一は、今年の秋、昭和劇場で佐々木淳子と市川扇十郎の公演に〔雨の鈴鹿川〕を上演することが決定しているのか、どうかということだ。

一は、その公演に、娘の杉代の出演が決まったのか、どうかである。

「私はまだ、少しも耳にしていませんが探ってみましょう。しかし、扇十郎が杉代さ

んに電話をしたというなら、おそらく決まっているだろうとおもいます。扇十郎はその点、実に慎重な人ですから」

「まあ、それはそうだが……」

「それでもし、その二つが決まっているとしたら牧野さん、どうなさるおつもりなんです？」

牧野は、咄嗟《とつさ》に返事ができなかった。


その翌々日に、山崎から電話があり、牧野の疑念二つが、すでに決定していることを告げてよこした。

こうなっては、牧野も沈黙するより仕方がなかったが、杉代が難役の女髪結を扇十郎の相手役として演じ果《おお》せることができようとは、

（どうしても思えない……）

のである。

牧野が、むかし書いた脚本で、娘の杉代と共演しようとおもい立った市川扇十郎は、牧野との交誼《こうぎ》にむくいるつもりなのか。

それほどに親しい交誼が、かつて、扇十郎との間に存在したとはおもえない牧野だった。あくまでも二人の関係は作者と俳優としてのもので、それ以上のつきあいがあ

った記憶もない。

「常人は芝居と相撲の世界に近づくな、俳優と力士に接近するな」

と、いわれている。それは、芝居や相撲界が常人の想像とは全くかけはなれている、異質な特別の世界だからだろう。

そのことを、よくわきまえている牧野は、これまでにも俳優たちへ、あまり近づかなかった。

芝居の世界で忙しく仕事をしている時期にも、牧野は、よほどのことがないかぎり劇場の楽屋へは足を運ばなかった。牧野が、いまもって愛着をおぼえ、交際もしている芝居の人たちは、大道具や小道具、鬘《かつら》、衣裳《いしょう》、それに進行係（舞台監督）など、裏方の人びとに限られている。もっとも中には、歌舞伎の中村又五郎、中村富十郎など二、三の俳優もいたが、この人たちは、若いときから人知れぬ苦労をなめてきていて、役者のみならず、常人として気楽につきあえるからだ。

今度の事が、扇十郎の自分へ対する好意だけによるものとは、どうしても思えない。

プロデューサーの山崎は、

「扇十郎は、雨の鈴鹿川という芝居に、特別の思い入れがある」

と、いったが、それ以上のことは洩《も》らさなかった。

唖の老博徒《ばくと》で、無惨《むざん》な最期《さいご》を遂げる北浦《きたうら》の伊三蔵《いさぞう》という役に、市川扇十郎は、どん

Sho.Ike

な思い入れがあるのだろう。

二月に入ってから、寒い日がつづいた。

牧野は、扇十郎にも杉代にも電話をしなかった。

こうなったら、

（もう口出しをせず、扇十郎にまかせておくことだ。山崎君のいうとおり、杉代も恥をかけばわかるだろう。そうなったら足を洗ってくれるかも知れない。高男もむずかしい年ごろになるのだから、このアパートへ帰って来ればいいのだ。そうなれば……）

そうなれば牧野も、孫の高男から目をはなさずにいられる。

扇十郎は名古屋での芝居を終え、東京へ帰って来ているはずだったが、電話も手紙もよこさなかった。杉代も沈黙している。

（もしかすると、やはり、おれがおもったとおり、どこからか横槍《よこやり》が入ってダメになったのか？）

そのようにも想像される。

（そうなってくれればいい）

妙なことだが、牧野はそれを期待しているのだった。いまの牧野は自分の脚本が再演されることに興奮もしなければ、うれしくもない。

はじめ、扇十郎から電話があったとき、ちょっと胸がさわいだのは、微《かす》かに消え残っていた芝居の血がさわいだだけのことで、

（おれの芝居なぞ、いまどき上演しても成果はあがらない）

あきらめきっているのだ。


ある朝、牧野が、まだ寝床にもぐり込んでいる時間に、枕元《まくらもと》の電話が鳴った。

「はい、牧野です」

「おじいちゃん」

「何だ、高男か」

「寝てたの？」

「うん」

「今日、そっちへ行きたいんだけど、ぼく一人で」

「ママは来ないのか？」

「ウン。ぼく、ひとりで行く」

「すぐ来るのか」

「いま、出るとこ」

「ママは？」

「テレビ局」

「よし。待っている」

今年の春に、小学校の五年生になる高男が来ると、仕度して待っていた牧野は、孫を連れ、タクシーで銀座へ出た。

「先《ま》ず、デパートへ行こう。お前の好きなものを買ってやる」

「いいの？」

「いい。今日のおじいちゃんは金のつかい道に困っている」

「すごいね」

「ああ、すごい」

デパートの中を二時間もまわって、高男の買ったものは抱えきれないほどになった。主として安い電気製品だった。

レストランのSで肉や魚の食事をし、最後にチキンライスを半分ずつ食べた。それからM堂へ行くと、主任《チーフ》の林が飛んで来て、

「お子さんですか？」

「ばかいっちゃいけない。孫だよ」

「あ……これは、どうも」

「孫はバニラのアイスクリーム。ぼくはコーヒーだ」

「はい。今日は、お顔の色がとてもいいです」

「ぼくも、そんな気がする」

高男はアイスクリームのおかわりをした。

「ねえ、おじいちゃん。たくさん、買ってもらってありがとう。でもね、今日は、ぼく、ママのお使いで来たんだ」

「ふうん」

「ママがね……」

「うん？」

「ゆるしてくれるか、って……」

「何を、ゆるしてくれといってるんだ」

「そういえば、わかるんだって」

「ママにこういってやれ。勝手にしろと……」

「勝手に、しろね？」

「そう。そういっとけ」

牧野のアパートと道ひとつを隔てた、向う側の、住宅の庭の白梅が咲きはじめた。

日毎《ひごと》に春めいてくる日々を、牧野はたのしんでいる。若いころは季節の移り変りを、わが目にたしかめるだけだったが、六十をこえ、持病もちとなってからは、寒暖の影響が微妙に自分の肉体へつたわってくるようになった。

牧野の日常に変化はなかった。市川扇十郎は何もいってよこさないし、娘の杉代からは電話も途絶えているが、牧野は気にかけなかった。この前、孫の高男に「勝手にしろと、ママにそういっとけ」と、つたえてある。おそらく杉代は、その言葉を、「勝手に演《や》るがいい」

そういわれたものと解釈をしているにちがいないし、牧野も、そのつもりでいったのだ。

A興行のプロデューサー・山崎から、こんな電話があったのは、つい最近のことだ。

「扇十郎は、杉代さんに抜き稽古《げいこ》をつけているらしいですよ」

「当然だろう」

「それが、自分のアパートへ呼んで、稽古をしているらしいのです」

「ふうん……」

アパートといっても、扇十郎が住んでいるのは、俗にいう〔マンション〕というやつで、場所は麻布の広尾にある。

「マンションなんてのは、もっと豪華なものなんでしょうが、私のところは小さなアパートで……」

いつだったか、扇十郎は、そういったことがあった。

扇十郎は、若いときに結婚した妻と死別れをしてから後、ずっと独身だ。この点、牧野と似ている。

電話の山崎の声が、急に低くなって、

「大丈夫ですかね？」

「何が？」

「杉代さんのことです。何しろ扇十郎は、女のほうのうわさが絶え間のない人だったもんですから……」

「むかしは、ね」

「でも……」

「まあ、いいだろう。杉代も、いまは空家《あきや》なんだからね」

「そんなことを、あなた……」

「いや、心配してくれてありがとう。しかしねえ、山さん。うちの娘は親のいうことなんか聞くやつじゃあない。勝手にしやがれだ。気にさわることには、もう関《かかわ》りたくない。努めてそうしているんだ」

「つまらないことを申しあげたのかも知れませんね」

「いや、ちがう。あんたのいうことだけは、真剣に聞いている」

「ありがとう存じます」

「心配をかけて、すまなかったね」

山崎は沈黙した。かなり長い間、二人は互いの胸のうちを推《お》しはかっていたが、どちらからともなく、ほとんど同時に、しずかに電話を切ったのだった。

その日。牧野は昼前に外出した。

婦人雑誌へ連載している映画関係のエッセイが、この春に出版されるので、映画の試写室へ行くのも張り合いがある。娘の杉代が大劇場の舞台で大役をつとめることよりも、このほうが、どんなにたのしみか知れない。

男の問題といい、今度の昭和劇場出演といい、杉代のよろこびは、牧野の苦痛になってしまう。

(むかしから、いつもこうなんだ)

このことだった。

地下鉄の駅まで歩く途中に小公園があり、咲きそろった沈丁花《じんちょうげ》が、甘酸《あまず》っぱい芳香を道にまでただよわせていた。

あたたかい快晴の午前だった。牧野は軽いコートのボタンを外した。

冬の間、ともすれば部屋へ閉じこもりがちだっただけに、歩くことが、たまらなく快い。外出のたびに躰《からだ》がのびのびとしてくるのがわかるし、歩く時間も長くなってきた。

Ｇホールでの試写が終ったのは、午後三時前だった。ホールを出た牧野は、近くのコーヒー・パーラーへ入った。この店へ入るのは初めてである。

（こんなところを、Ｍ堂の林君に見られたらいけないな）

牧野がコーヒーをのむ店はＭ堂にきまっている。銀座では、おもいがけない人が、おもいがけない場所から、こちらを見ているものなのだ。あたりを見まわしてから、牧野は中へ入って行き、コーヒーを注文した。

店の中央には大テーブルがあり、そのまわりを十ほどの椅子《いす》が囲んでいた。銀座の裏通りに面した窓際《まどぎわ》の、いくつかのテーブルには、四つの椅子が置かれている。

大テーブルの隅《すみ》の椅子にかけた牧野は、窓際の椅子にかけ、コーヒーのカップを前に、黙然と窓の外を見つめている市川扇十郎に気づいた。扇十郎は、ひとりだった。

牧野は、別人のような扇十郎の暗い横顔を見ながら、運ばれて来たコーヒーを一口のんだ。扇十郎は、いま、この店からほど近い歌舞伎座に出ている。

同じ大テーブルの椅子にかけた数人の若い女が、けたたましい笑い声をたてている。

（妙に浮かない顔をしている。扇十郎は杉代を出すことにしたのはいいが、いざ稽古をつけてみると、あまりに下手なので困っているのではないだろうか?)

牧野は、扇十郎の沈鬱《ちんうつ》な横顔を見て、そう感じた。

立ちあがって行って声をかけるのが、何故《なぜ》かためらわれた。

コーヒーを半分ほど残し、伝票を手にした牧野は立ちあがった、ちょうどそのとき、彼方《かなた》の市川扇十郎が何気なく振り向いて、牧野を見た。

「あ……」

と、口を開けた扇十郎の満面が、たちまちに笑みくずれて、

「こちらへいらっしゃいませんか?」

まわりの客が扇十郎を見やったほどに、大きな声をかけてきた。牧野は知らぬ顔をして出て行くわけにはいかなくなった。

「やあ、しばらく」

「御無沙汰《ごぶさた》をしております」

扇十郎は前の椅子を押しやり、牧野が掛けやすいようにして、

「此処《ここ》でコーヒーをあがったのですか?」

「ええ、そう」

「コーヒーは、いけないのではありませんか?」

つまり、牧野の持病にいけないと、扇十郎はいったのである。

「いえ、もう、気にしないことにしているんです」

椅子に掛けた牧野へ、扇十郎が、

「何になさいます？」

「では、クリーム・ソーダをもらいましょうか」

通りかかった店の女に注文してから、扇十郎が、

「杉代ちゃん、大丈夫ですよ」

うれしげに笑って見せた。これは決してごまかしの微笑ではない。それならば、つい先刻《さつき》までの気むずかしげな扇十郎は何だったのだろう。また、歌舞伎座でトラブルでも起したのだろうか。

「杉ちゃん、大丈夫です。御安心下さい」

また、扇十郎がいった。

「よろしく」

と、牧野は軽く頭を下げた。

その牧野を、扇十郎が凝《じつ》と見つめている。

牧野も、扇十郎の目を見返した。

二人とも黙って、クリーム・ソーダが運ばれてくるまで、見つめ合っていた。どうしてそうなったのか、よくわからない。芝居のト書でいえば、

長い間《ま》……と、いうところだ。

こうしたときの人間どうしは、黙っていても、目と目で語り合っているのだ。

牧野は、扇十郎が杉代に手をつけていないことを確信した。そして、扇十郎に負けたとおもった。

扇十郎も、いままでの日々を振り返ってみるような目差《まなざ》しとなって、

「勝手に事を運んでしまって、申しわけありません。でも、こうしなくては、あなたのお許しが出ないとおもったのです。ちがいますか？」

「そりゃ、まあね……」

「それに……」

いいさして、扇十郎は口を噤《つぐ》み、窓外へ目を移した。

「それに？」

「いえ、私が今度、どうしても、雨の鈴鹿川を演《や》りたいとおもったことなんですが……」

「ふむ」

A興行の山崎が、扇十郎は〔雨の鈴鹿川〕という芝居に惚《ほ》れ込んでいるといった。あの芝居には特別の思い入れがあると牧野へ語った。その事情を扇十郎は山崎へ洩《も》らしたらしいが、牧野は知らない。口の堅い山崎は、ついに打ちあけなかった。

「牧野さん。あなた、A興行の山さんから何か、お聞きになりましたか?」

「どんなこと?」

「私が鈴鹿川の、北浦の伊三蔵という役を、どうしても、もう一度、演りたかったわけをです」

「知らない。山さんは何もいいませんでしたよ。ただ……」

「ただ?」

「あんたが、あの芝居に惚れ込んでいるとか、そう聞いただけ」

「山さんは口が堅い人ですねえ」

「そう、堅い。堅すぎるくらいだが、それが彼の骨頂《こっちょう》です」

　扇十郎は、深くうなずいたが、

「それは、山さんが私に気をつかって、何もいわなかったのでしょう。でも実は、それほどの事じゃあないのです。ただ今度、私があの役を演れば、前に演ったときより、もっと、うまく演れそうな気がしたので……というよりも、演れる自信がついたものですから」

「ほう」

　われ知らず、牧野は身を乗り出していた。

「何しろ役が役ですから、前のときは、萩原千恵子さんに手を引いてもらうかたちでした」

「いや、それは……」

「いえ、そうなんです。あのときは千恵子さんがお信をしてくれて、ほんとうに助かりました。ですが今度は、私が杉ちゃんの手を引っ張ってやれるとおもうのです」

「……？」

「牧野さん。啞の人というものには、ずいぶん、表現力があるものなんですね」

「そうだが、それを、あなたはよく出していた」

「ええ。あなたと二人で啞の人に、いろいろ教わりましたし……」

「そうだったねえ」

「でも、今度は、もっとちがう方法を入れて、演るつもりなんです」

「どんな？」

「あれです」

と、市川扇十郎は窓外へ顎《あご》をしゃくって見せた。

牧野も窓外へ目をやった。

人通りは絶えないが、別に特別なものは目に入らなかった。

舗道の一隅《いちぐう》の、プラタナスの木の下に、老女の靴磨《くつみが》きがいて、いましも、折り畳み式の椅子にかけた客の靴を磨きはじめたところである。それだけだった。ほかには何

も見えない。

「ね、もう少し、あの靴磨きのおばあさんを見ていてごらんなさい」

と、扇十郎がつぶやくようにいった。

靴磨きの老女は、七十前後に見えた。

頭に手ぬぐいをかぶり、黄色のスゥエーターを着て灰色のエプロンをかけ、両腕にカバーをつけている。そんな姿なのに、見たところ、いかにも小ぎれいな老女だった。躰も細いが、眼鏡をかけた細面《ほそおもて》の顔に品がある。

老女は、靴を磨かせている客がはなしかけるのへ愛想のいい笑顔を向け、しきりにうなずいていた。常連の客らしい。

客にこたえる老女の手ぶり身ぶりを見ていて、

（唖だ）

牧野が、はっとなり、市川扇十郎を見やると、

（そうなんです）

というように、扇十郎は二度三度と、うなずいて見せた。

扇十郎は、このコーヒー・パーラーの窓から、いつも靴磨きの老女のそぶりを観察し、唖の老博徒・北浦の伊三蔵役の再演に役立てようとしているのだろうか。

（そうなの？）

目で尋《き》いた牧野へ、

（ええ、そうなんです）

と、扇十郎の目がこたえた。

牧野は、ふたたび、窓外へ目を転じた。

客が、何かいっている。

すると老女は、傍《かたわ》らに置いてあった何枚かのカードのうちの一枚を抜き取り、客に見せた。

客が、うなずく。

老女はカードを置き、赤い缶《かん》の中からクリーム状のものをブラシですくい取り、客の靴へ塗りはじめた。

「ふうむ……」

低く唸《うな》った牧野へ、

「ね、あのカードなんですよ」

「うむ……」

「あれを、今度、つかってみようとおもうんです。そのほかにも、あの婆さんは、いろいろと、おもしろいことをしながら、客の相手をしているんですよ」

「なるほど」

「あのひとは、ね……」

いいかけて、扇十郎は煙草《たばこ》を出し、マッチで火をつけた。

つぎの瞬間、煙草のけむりと共に、扇十郎の口から吐き出された言葉が、牧野を愕《がく》然《ぜん》とさせた。

扇十郎は、

「あのひとは、私を生んだひとなんです」

と、いったのである。

「私も、それを知ったのは去年の夏だったのです。それまでは継母《けいぼ》を生みの母だとばかりおもっていました。亡《な》くなった継母《はは》は、ほんとうによく、私を可愛《かわ》いがってくれましたからね」

「すると、あのひとは先代の？」

「いいえ、私の父は、ほかにいるらしい。もっとも、もう生きてはいないでしょうが……ですから私には、先代扇十郎の血は入っていないのです」

「…………」

「あのひとは十八のときに、私を生んだそうです。中へ入って、子がなかった先代へ赤子《あかご》の私をわたす役目をした老人が去年、亡くなる前に私をよんで、あのひとが靴磨きをしていることを知らせてくれたのです」

牧野は、絶句したままだった。

「でも、あのひとは、小さな家で、子供や孫と一緒に、しあわせに暮していますよ。十八のとき、何かの間ちがいで生んだ私のことなど、もう忘れてしまっているでしょう。女の、そんな若い年ごろの痛みは、すぐに消えてしまいますからね」

「………」

「でも、あのひとを、ここから見ているうちに、何としても、もう一度、雨の鈴鹿川がやりたくなってきました。おわかりでしょうか、この気持ちが」

わかるような気もしたし、何か、まだ、よくわからないところもあった。牧野は沈黙したままだった。

「まいりましょうか?」

伝票を手に立ちあがった市川扇十郎の顔には、いつもと変らない微笑が浮かんでいた。むしろ、牧野のほうが蒼《あお》ざめていたかも知れない。

勘定をすませた扇十郎が、先に店の外へ出ていた牧野に、

「男が六十にもなると、どんなことが起っても、平気になれるものですね」

と、いった。

「そうかしら?」

「そうですとも。六十になれば行先が知れています。むだな事を考えるのは、もうま

っぴらです」

「ふうむ」

牧野と肩をならべて歩き出しながら、扇十郎がこういった。

「でも、私立探偵《たんてい》を雇って、一応は、あのひとのことを調べてみましたけれど……さよう、私の出る幕は、まったくありませんでした」

四　初　夏

前触れの電話もよこさず、突然、牧野のアパートへ娘の杉代が訪ねて来た。

「お父さん、しばらく」

「高男は？」

「留守番」

「ふん……」

「がっかりした？」

「別に……」

二人とも、市川扇十郎のことや、〈雨の鈴鹿川〉上演のことについては一言も口に出さなかった。

杉代は、翁堂《おきなどう》の蛸饅頭《たこまんじゅう》をみやげに持って来た。

「食べる？」

「うむ……」

「じゃあ、お茶いれる」

台所へ立って行き、杉代は湯を沸かしはじめた。

春も闌《た》けて、晴れた日の陽光は夏を想《おも》わせるほどだが、夕暮れから夜になると急に気温が下る。

「こんなときには、お父さん、気をつけなきゃダメよ」

「うるさい」

「はい、はい」

杉代は、逆らおうとしなかった。

秋の昭和劇場で〔雨の鈴鹿川〕が上演されることは、先ごろの新聞にも発表されたし、市川扇十郎が久しぶりの再演に意欲をみなぎらせていることや、初演の共演女優・萩原千恵子の役を、当時は千恵子の弟子だった杉代が演じることも報じられた。

いまの杉代は、おそらく、女優になってからはじめての愉悦感に浸っているにちがいない。

女優としての、その最高の愉悦は、杉代の顔つきまで変えてしまったようだ。先刻《さっき》も「お父さん、しばらく」と声をかけ、牧野の部屋へあらわれたときの杉代の顔は、明るい光に照りかがやいていて、一瞬、牧野は、別の女が入って来たのかとおもったほどだった。

「お父さん……」

「む……」

「今日、立っているわよ、鼠《ねずみ》のおじいさん」

「このところ、しばらく見なかったが……」

いいさして、牧野は廊下へ出た。

階段を二階へあがると、正面の窓から、アパートの裏手が見える。

裏手には、古い小さな家が建ちならんでいて、その向うに路地といってもよいほどの細道が見える。

細道の向うは、やはりアパートだった。

そのアパートの塀《へい》に寄りかかって、ステッキを持った小柄《こがら》な老人の姿が牧野の目に入った。

今日は朝から曇っていて、風が強い。

遠くから見たのでは、うつむいている老人の顔が、よくわからないけれども、まさしく杉代が「鼠のおじいさん」とよぶ老人である。

老人の顔が鼠に似ているというのではなく、老人の姿が杉代に〔鼠〕を連想させるのだろう。

この老人を、向うの細道に見かけるようになってから、もう一年半近くにもなろうか……。

つい半年ほど前までは、毎日ではなくとも、三日に一度は何処《どこ》からともなくあらわれ、アパートの塀に、もたれかかるようにして、油断なく、あたりに目を配っていた。そのありさまが気味悪く、ときには、朝から夜まで立っていることがあり、近所の人びとが警官に知らせたことがある。警官が老人に事情を尋ねたことは、いうまでもないだろう。

老人は、警官に、こういったそうだ。

「事情がありまして、人を探しているのです。どうしても、探さなくてはならないのです。その人を、この道で見かけたと、私に教えてくれた人がいるものですから、こうして立っているのです」

老人は同じ場所に立っているばかりでなく、細道を中心にして、その周辺を歩きまわっている。このあたりには、牧野のアパートと同じような、小さいアパートがいくつもあって、老人が探している人というのは、たぶん、この近くに住んでいるような姿、服装で細道を歩いていたのだろう。それを、老人の知人が偶然に見かけ、老人に知らせたということなのか……。

曲がりくねった細道を南へ抜け出ると、途端に車輛《しゃりょう》の走行が激しくなる。その排気

Sho Ike

ガスの、あまりのひどさに、牧野はハンカチーフで鼻を押えて道を横切るほどだった。

あるとき、その路上で、老人は身を挺《てい》して、近くに住む子供のいのちを救ったことがある。

信号もない路上を横切ろうとした子供が、猛スピードで走って来た自動車に撥《は》ね飛ばされかかったのを、飛び出して来た老人が体当りで子供を押し返し、その上へ被《おお》いかぶさった。

まさに間一髪というところで、子供も老人も怪我《けが》をしなかったのが不思議なくらいだった。

自動車は停《と》まりもせずに走り去った。

しかし、老人は倒れたときに腰か脚をいためたらしく、その後、一カ月ほどは姿を見せなかった。

久しぶりに老人があらわれたとき、このあたりの人びとの、老人に対する態度はが、らりと変った。

老人に救われた子供の母親が、老人のために折り畳み式の椅子《いす》を用意し、魔法瓶《まほうびん》に茶を入れ、持って行った。

だが、老人は丁重に、これを断わったそうである。

「どうしたらいいのか……どうしたら、こちらの御礼の気持ちをつたえられるのか、

「ほんとうに困って……もう、泣きたくなってしまいます」

と、子供の母親が牧野のアパートへ来ていった。

牧野は、こたえた。

「そっとしておいてあげなさい。それで、充分に、あなたの気持ちはつたわりますよ」


二階の廊下から部屋へもどった牧野へ、杉代が尋《き》いた。

「鼠のおじいさん、どれくらい、見えなかったの？」

「三月《みつき》ぐらいかな」

「おじいさんが探している人って、どんな人かしら？」

「わからない。あの老人が子供を助けてから、このあたりを担当している警官も好意的になって、老人に、くわしい事情を尋ねたらしいが、そうなると、一言《ひとこと》も口をきかなくなる。探している人の名前もいわない。だから、探してあげようとおもっても探しようがないと、警官がいっていたそうだよ」

「お父さん。いま、よくしゃべったわね」

杉代が、びっくりしたようにいった。

「わるいか」

「お父さんが、そんなにしゃべるのは久しぶり。どうしてかしら?」

「わからない」

「劇作家として、あのおじいさんに興味をもっているからかしら?」

「おれはいま、劇作家じゃない」

「でも……」

「うるさいな。茶をいれろ」

「ねえ……」

「………」

「返事してよ」

「なんだよ?」

「今日の私、暇なの」

「だから、どうだっていうんだ」

「お父さんの、晩御飯の仕度してもいい」

「高男にしてやれ」

いつもなら、ここで、杉代は憤然となり、毒舌を牧野へあびせかけるところだが、今日はちがった。

牧野を相手にせず、

「買物に行って来るわね」

たのしげな微笑を浮かべ、部屋から出て行ったのである。

杉代は、黒豚のよい肉を買って来て、牧野が好む薄目のカツレツを揚げた。

「おい、杉代。これを高男にも揚げてやれ。そして明日、あいつの大好きなカツ丼《どん》にしてやれ」

いつもの杉代なら「わかってるわよ」というところだが、今夜はにっ、こ、り、とうなずいてから、

「お父さん。旨《うま》い？　私の揚げたカツレツ」

「…………」

「ねえ、どう？　旨い？」

「まずくは、ない」

「じゃ、旨いってこと？」

「しつこいな」

ついに父娘《おやこ》は、市川扇十郎のことも、秋の舞台のことも口に出すことなく、杉代は帰って行った。

翌日、空は晴れあがった。

風も絶えたので、

（どうしようかな？）

朝、起きたときには迷っていた牧野だが、午後になってから、映画の試写会へ出かけることにした。

牧野の持病には、軽い散歩や運動を欠かさぬことが却《かえ》ってよい。

裏手の細道へ出ると、あの老人が今日も来ていた。

灰色の古ぼけた服を着て、これも折目の消えたソフト帽をかぶり、うつむきかげんに、ふらふらと道を行ったり来たりしている。

老人は牧野に気づき、帽子を除《と》り、深く頭を下げた。

牧野もソフトを除って、礼を返した。

二人の目と目が合った。

老人の顔色《がんしょく》は、身につけている服のように灰色だった。だが、小さな、木の実を想わせる両眼《りょうめ》は、一種のするどさを内蔵した光をたたえていた。

二人は、擦れちがった。

（あの老人は何処《どこ》に住んでいるのだろうか？　そして、どんな生活をしているのか？）

細道を歩みながら、牧野は、われ知らず興味がわき起ってくるのを、どうしようもなかった。

(いったい、だれを、どんな目的で探しているのだろう?)

この周辺の人びとの口から聞き込みをするわけでもなく、警官の親切にもこたえず、ただ、知人が知らせてよこした言葉ひとつをたよりに、一年半も、執拗《しつよう》に細道へ立ちつづけているのだ。

ともかくも、人には知られず、自分の眼で探しあてたい。あくまでも秘密裡《り》に探したいのだ。それにちがいない。

(探している人というのは男か? それとも女なのか?)

牧野の推理にも限度があった。老人にはつかみどころが何一つ無い。

(いまの、あの眼の光は尋常なものではなかった……)

そうした老人と、学童を命がけで救った行動とが、牧野の脳裡で一つにならない。

(ふしぎな人だ)

銀座は、晩春の好日に人があふれていた。

試写の映画は、牧野にとって、あまりおもしろいものではなく、しかも三時間に近い長尺だった。

牧野は疲れていた。

行きつけの〔M堂〕へ行くのも面倒になり、牧野は試写室の近くのコーヒー・パーラーへ入り、コーヒーを注文した。

注文したときに、この店が、先ごろ市川扇十郎と出会った店であることに気づいた。

あのとき、扇十郎がいた席には、だれもいなかった。

牧野は、女の店員に、

「向うの席へ移りますからね」

ことわって、席を移し、すぐに窓外へ目をやった。

市川扇十郎の生母だという老女は、今日も客の靴《くつ》を磨《みが》いていた。

今月の扇十郎は、大阪・歌舞伎座へ出演しているはずだ。

靴磨きが終った客が立って去ると、待っていた中年の客が椅子にかけて、老女に何かいった。

その口のうごきで、老女は客の言葉を理解したらしい。

老女は手許《てもと》のカードの中から一枚引き抜き、これを客に見せ、微笑して、うなずいた。

常客らしい中年男は、うなずき返してから、はなしかけることなくポケットから新聞を出し、読みはじめた。

懸命に靴を磨く老女の額から小鼻のあたりに、汗が光っている。

その横顔が、市川扇十郎に、そっくりだった。

夕闇《ゆうやみ》が、ただよってきていた。

牧野は、さめかけたコーヒーに気づいて、ひとくち飲んだ。

客が老女に代金をはらって立ち去ると、老女は腕時計を見た。

そして、道具を片づけはじめた。

突然、牧野の胸に、ある考えが浮かんだ。

これは、アパートを出て、あの老人と擦れちがったときのおもいが、まだ牧野の胸の底に、たゆたっていた所為《せい》かも知れない。

（あの老女は、何処に住み、どんな暮しをしているのだろう？）

このことだった。

市川扇十郎は、前に、この席で、

「たしかに生みの母なのですが、他人も同然です。向うもそうでしょうけれど、私も別に、何のおもいもわいてきません」

そういっていた。

道具を片づけ終えて帰り仕度にかかった老女を見ると、牧野はおもいたったことを行動に移さずにはいられなくなってきた。

牧野は勘定をすまし、外へ出た。

空は晴れていたが、夕暮れの大気は冷めたかった。

牧野は、軽いコートに腕を差し入れた。

牧野が年少のころ、アメリカの映画女優で、いまなお伝説的な大スタアとして知られているグレタ・ガルボは、八十をこえて、ニューヨーク市の一隅《いちぐう》に隠れ棲《す》み、たった独りきりの生活を何年もつづけているという。

ガルボは人の目につかぬような姿で、散歩に出る。

そして、興味をおぼえた人の顔を見つけると、見ず知らずの通行人の後を尾《つ》けて行くのが、何よりのたのしみなのだとか……何かの雑誌で、牧野は読んだことがあった。

(これも、おれが老化した証拠なのだろうか……?)

わからない。こんなことをおもいつき、それを実行しようとしている自分が、自分でわからなかった。

(おれは、ばかなことをしようとしている。してみても、何にもならないことだ。よせ、よせ)

老女は、折り畳み式の椅子を向う側の煙草屋《たばこ》へあずけると、靴磨きの道具を入れた段ボールの箱を背負って、歩き出した。

箱は、さして大きなものではなく、靴磨きの道具も重くはないのだろうが、やはり背負ったほうが楽なのだろう。そのために箱へ廻《まわ》しかけた真田紐《さなだひも》が、ちょうど背負いやすいようになっている。

銀座通りへ出るところで、老女は週刊誌を二冊買った。

足の運びは、牧野より、しっかりしていて、軽やかに歩む。

ネオンが灯《とも》った街路を歩む老女の足どりに、牧野は息をはずませながらポケットを探った。いつもの丸薬を口へふくみ、いつになく、牧野は興奮している。

老女は、日比谷へ出た。

日比谷の地下鉄の駅でトイレットへ入った。牧野も男子用のトイレへ入ることにした。

出て来た老女は、パスを出してホームへ降りて行く。牧野は行先もわからぬまま、切符を買って後につづいた。

老女は、文京区のN駅で地下鉄を降りた。

牧野も、終戦直後の一時期を、この辺りで住み暮したことがある。東京の他の地区と同様に、Nの町並みも変貌《へんぼう》していて、地下鉄から路上へ出た途端、絶え間もなく疾走する車輛《しやりよう》と、たちこめる排気ガスの悪臭に、牧野はハンカチーフで鼻を被《おお》った。

Nの通りには、むかし、都電がのんびりと客を運んでいたのだ。

なつかしさと、変貌のはげしさに、一瞬は呆然《ぼうぜん》となった牧野だが、通りから、横道を右へ入って行く老女を見て、歩み出した。

この道は、谷中《やなか》の方へ向っている。戦災にも焼け残った一劃《いつかく》だった所為か、意外に

旧態をとどめていて、

(たしか、この辺に……?)

自分が通った歯科医院があったのを思い出し、牧野は、あたりを見まわした。そのD歯科医院は、小ぎれいに改装されていたが、まだ残っている。こうなると、町並みの姿が牧野の胸の中に、一つの灯《あか》りをともす。

夕暮れの道を、あわただしげに行き交う女たちも昔のままで、魚屋、八百屋も残っていた。

老女がD歯科医院の前を通り過ぎた。そのあたりは買物をする店も少く、人通りも疎《まばら》になる。

谷中の方から下っている坂道の右側が保育園で、その傍《そば》に、小さな空地があった。

空地の一角に中華そばの屋台が出ている。手引きの、いかにも古びた屋台だった。

〔ラーメン　丸や〕と黒布を縫いつけた白のれんの前に縁台が出ているところを見ると、屋台を移動させなくともすむだけの客がついているらしい。

夕闇が、すでに濃くなっていた。

老女は、それが習慣になっているような足取りで屋台の前へ行き、背負った荷物を縁台へおろし、自分も腰をかけた。

ラーメン屋の主人も、この時間に老女があらわれることが当然のように、笑顔でうなずくと、すぐにラーメンをつくりにかかった。

牧野は、道をへだてたところの自動販売機でコカ・コーラを出し、立ったままでのみはじめた。

そのときだった。近くの細道から出て来た中年の女が、小走りにラーメン屋の屋台へ近寄り、老女へ何か言いはじめた。

その様子が、牧野の目には徒事《ただごと》ではないように映った。

女は老女に向い、はげしく、何か捲《まく》したてているように見えた。

われ知らず牧野は、のみかけのコーラの缶《かん》を捨てて歩み出していた。

しかし、牧野が屋台へ近づく前に、老女は立ちあがり、ラーメン屋へ微笑を投げ、荷物を手に何処かへ立ち去って行く。

そのかわりに、中年女が縁台へ腰を据《す》え、

「そのラーメン、私が食べるわ」

と、いった。

ラーメン屋は無表情にうなずいた。

一瞬、牧野は迷った。

牧野の眼には、老女……すなわち、市川扇十郎の生母が、中年女に叱《しか》りつけられ、しょんぼりと去って行くように映った。

（この女、何者なのだろう？）

女のとなりへ腰をかけて、自分もラーメンを注文し、女を観察してみようという誘惑と、今日は、ともかくも、

（どんな家に住んでいるのか？）

という当初の目的を果すのと、どちらにしようかとためらった牧野だが、やはり、老女の後をつけてみることにした。

老女の住む家は、すぐ近くにあった。四十余年前の戦災にも焼け残った、というよりも、関東大震災にも被害を受けなかっただろうとおもわれるほどの、古びた、小さな二階家だった。

細道が曲りくねって入り組んでいる、この一劃は、古い家が寄りあつまっていた。その中でも老女の家は、ことに古びていて、遠くからながめると玄関のあたりが左へ傾いていたが、ところどころに修理、手入れがしてあり、牧野は、

（小ぎれいに住み暮している……）

ような印象を受けた。

家のまわりを、何度も行ったり来たりしている牧野を、近所の主婦らしい女が胡散《うさん》くさそうに見つめていた。

その視線に気づいて、

ラーメン
丸や

(おれも、あの鼠《ねずみ》のじいさんのように怪しまれている……)

牧野は、苦笑をかみしめた。

保育園の空地へもどって来ると、ラーメン屋の縁台にかけた先刻の中年女が、音をたててラーメンを啜《すす》り込んでいた。

その口から、ちらりと金歯が光った。

何となく、牧野は、この女に微《かす》かな嫌悪《けんお》をおぼえた。

(今日のおれは、どうかしている。いつまで、こんなことをしているんだ)

急に疲れをおぼえ、牧野は大通りへ引き返し、タクシーで帰ることにした。


その夜。

大阪の歌舞伎座に出演している市川扇十郎から電話があった。扇十郎の声は生き生きとしていた。

牧野は扇十郎に、今日の事を一言も口に出さなかった。

夜になると急に気温が下った。しまい込んであった毛布を出し、蒲団《ふとん》に身を横たえたが、牧野は、なかなか寝つけなかった。

あの中年女は、市川扇十郎の生母と、どのような関係にあるのだろう。

扇十郎は牧野に、生母が子供や孫と一緒に、しあわせに暮していると言った。

（果して、そうなのだろうか？）

中年女は啞の老女の娘なのか、または息子の嫁なのか、そのあたりのことを扇十郎は洩《も》らしていない。

嫁だとすると、今日の二人の様子から推《お》してみて、一方的に嫁が姑《しゅうとめ》を圧倒しているとしかおもえなかった。

（しかも、あの老齢で、靴磨きをしてはたらいている……）

このことだった。これが、牧野の胸の底に引っかかって除《と》れないのだ。

市川扇十郎は、私立探偵《たんてい》を雇い、密《ひそ》かに生母の様子を調べさせたというが、ほんとうなのだろうか。

扇十郎は「私の出る幕は、まったく、ありませんでした」と、いった。

それなら、牧野の出る幕もない。老女の尾行なぞをした自分の姿を扇十郎が見たら、何というだろう。

「牧野さん。よけいなことをなさらないで下さい」

人が変ったような厳しい口調で、たしなめるにちがいない。

（まったく、今日のおれは、どうかしていた。よけいなことだ。よけいな……）

おもううちに、牧野は、ようやく眠りに落ちた。

「牧野さん。ちょっと、あの、起きて下さいませんか。もし、もし。まだ寝ていらっしゃるんですか……」

廊下から、管理人の妻君の高声《たかごえ》がきこえ、扉《とびら》が叩《たた》かれた。牧野は目ざめて、枕元《まくらもと》の小さな時計を引き寄せた。もう昼に近かった。

「いま、起きました。何か?」

「あの、ちょっと……」

扉を開けた牧野が、

「まだ、こんな恰好《かっこう》をしていて……」

「いえ、あの……」

「どうしたんです?」

妻君の声が、低くなった。

例の〔鼠のおじいさん〕が死んだ、という知らせだった。

「そこの道で?」

「いいえ、そうじゃないんです」

妻君の背後に、人の気配があった。

「おやすみのところ、失礼します」

こういって、前へ出て来たのは、ずっと前から、この辺りの見廻《みまわ》りを担当している、清水という中年の警官で、アパートを経営している牧野とは、アパートの住人の戸籍調べのことなどで何度も語り合っている。

〈鼠のおじいさん〉に事情を尋ねた警官も、この清水だ。

「亡《な》くなったのですって？」

「はあ。昨日の午後だそうです」

「あの老人の住所を、御存知だったのですか？」

「何しろ、ああいう老人のことですから、警察でも、一応は手を打っておきませんとね」

「なるほど」

「荻窪《おぎくぼ》のアパートに住んでいたのです、古ぼけた、小さなアパートに独り切りで……」

「それで？」

「そのアパートの管理人の知らせによりますと、十日ほど前からぐあいが悪くなって、寝込んでいたそうです」

「どこが悪かったのです？」

「心臓です。それが昨日、急に……」

「…………」

心臓は、牧野の持病だけに、ひとごととはおもえなかった。

「ま、お入りになりませんか。お茶でもいれましょう」

「はあ……」

清水警官は、ちょっと考えたようだったが、

「では、失礼しますかな」

と、部屋へ入って来た。

管理人の妻君は、牧野と目礼を交してから、自室へ去った。

牧野は寝床を隅《すみ》へ押しやり、つぎの間へ清水を案内してから、コーヒーの仕度にかかり、コーヒーができるまでの間に洗面と着換えをすませた。

「牧野さん。すみませんなぁ」

「コーヒーは、きらいではなかったはずですね」

「大好きです」

清水警官は、三日前に老人と会ったという。

「では清水さん。あなたは……?」

「はあ。何度か会って、事情も、少しはわきまえています。それでないと、私どもの職務が……」

「ごもっともです」

コーヒーの香りが、ただよいはじめた。

「清水さん。どの程度まで、あの老人のことがわかったのです？」

「さあ、それが……」

いいよどんで、清水はコーヒーを一口啜り、

「肝心のところは、何もわからないのですよ。わかれば、警察でも、それなりに協力してあげられるし、事によっては、あの老人への警戒を、もっと強くしなくてはならない」

「ふむ」

ただ、清水警官の執拗《しつよう》な問いかけに、老人は仕方もなく、こういったそうである。

「私が探している男は、私から、二つのものを奪い取って、姿をくらましたのです」

「それは、何でしょう？　どんなことなのです？」

おもわず、清水は問い詰めるかたちとなった。

老人は、深い嘆息を洩らした。

「一つは……」

「はあ？」

「私の妻を、奪い取ったのです」

「いつごろのことです？」

「十、五年ほど前に……」

「もう一つは？」

「私の財産」

「そんなことをした男を、なぜ、いままで、ほうっておいたのです？」

「私の手で始末をつけたかった。私個人のことで、警察や他人の手を、わずらわせたくなかったのです」

それ以上のことは、頑《がん》として打ちあけない老人だった。老人は〔宇津木清《うつぎきよし》〕という名で、荻窪のアパートに住んでいたというが、本名か偽名か、まだ、よくわからないそうである。

「向うの警察にもたのんであるし、私も、暇を見ては探っているのですが……どうも、とらえどころがありません。本名ではないようにも思われます」

清水は、あぐねきったように、

「これが、何かの犯罪に関係があるようでしたら、手のつくしようもあるんですが、どうも、老人のいうことが曖昧《あいまい》でして、……これから私、荻窪のアパートへ行って、老人の部屋の中を一応、見て来ようかとおもいますが、おそらく何もわからないでしょう」

と、いって、カップのコーヒーをのみほし、

「いや、おやすみのところを失礼しました。コーヒー、ごちそうさまでした」

「いや、何……」

清水警官が帰ったあと、牧野はコーヒーをいれ直し、パンを焼いた。

昨夜は冷え込んだが、今日は日ざしが明るく、微風がさわやかだった。

この日、牧野は三枚ほどの原稿を書くつもりでいたが、夕方近くなると何だか落ちつかない気分になってきた。

もしかすると、宇津木老人の死が連鎖反応をよんだのかも知れない。無意識のうちに、牧野は外出の仕度をはじめていた。

大通りでタクシーをつかまえ、

「Nへ行ってください」

そういうと、若い肥《ふと》った運転手が、

「Nって、どこです?」

「知らないの?」

「三日前に、東京へ出て来たばかりなもんで……」

「それでもう、タクシーの運転をしているのか……」

「先刻《さっき》も、お客さんに、いい度胸だといわれちまってね」

「ま、いい。ぼくが道順を教えよう」

空は、まだ明るかった。

やがて、牧野はNの町の裏道に出ているラーメンの屋台の前にあらわれた。

今日は、あの中年女が縁台に腰かけ、早くもラーメンを啜り込んでいた。

少し間をへだてて、牧野が女のとなりに腰をかけて注文した。

「ぼくにも、ラーメンひとつ下さい」

うなずいた主人が、仕度にかかった。

「ねえ、おじさん」

と、中年女が主人へ、

「うちのおばあちゃん。もう、そろそろ来るわね」

「ええ」

「ダメよ、食べさせちゃ。おばあちゃん、血圧が高いんだから。月のうち、三度ぐらいにしてあげてちょうだい」

「わかりました」

「あのひと、若いうちから、はたらきつづけて来たもんだから、私も主人も早くやめさせたいんだけど、いうこときいてくれないのよ。何かして、はたらいていないと早くボケるといってねえ」

そういう女の声や態度には、昨日のそれとは別人のような優しさがこもっていた。

「何しろ、あのとおり、耳が遠いもんだから、つい、こっちも大きな声を出すので、おじさんも聞き苦しいでしょう?」

主人はかぶりを振り、微笑と共に、

「よく、わかってます」

と、いってよこした。

「私も、こんな、がさつな女だからねえ。おばあちゃんは何とおもっているんだか……」

「いいえ、わかっていますよ」

「そうかしら」

「そうですよ。はい、お待ち遠さま」

と、主人が、牧野の前へラーメンを置いた。

ようやく、夕闇《ゆうやみ》が濃くなってきはじめた。

五　女優

突然、萩原千恵子から、牧野へ電話がかかってきた。

電話を取りついだのは、ちょうど、牧野の部屋を掃除していた管理人の妻君だった。

「萩原さんという方から、お電話ですよ」

そういわれたとき、牧野は、

（しまった……）

と、おもった。

この秋に、娘の杉代が〔雨の鈴鹿川〕で演じる女髪結《おんなかみゆい》の役は、萩原千恵子の当り役だったのだ。

市川扇十郎は、

「萩原さんへは、私からはなしますから大丈夫です」

と、いってくれたが、この芝居の作者であり、初演の演出者である牧野にしてみれば、当時、萩原千恵子の弟子だった娘の杉代が、千恵子の当り役を演じるわけだから、一言の挨拶《あいさつ》があって当然だと、千恵子はおもっているにちがいない。

萩原千恵子は、すでに舞台を引退した身だけれど、自分の当り役を他の女優が演じることについて、あまり、よい気持ちではないだろう。

牧野も、

「この役は、あなたのほかに演じる女優はないし、他からはなしがきても演《や》らせませんよ」

明言したことがあったのだ。

杉代は、むろん、挨拶に行ったと、本人の口から聞いている。そのとき、牧野が、

「千恵子さん、嫌《いや》な顔をしていなかったか?」

尋ねると、

「千恵子先生、よろこんで下さったわ。そして、いろいろ教えていただいたの」

ということだったので、牧野は安心をしてしまい、挨拶の電話もしなかったのである。

「牧野です。しばらく……」

受話器をとった牧野へ、

「何か、御用事があったのではないの?」

萩原千恵子の、少し掠《かす》れ気味だが、元気そうな声がきこえた。

「いや、靴《くつ》を磨《みが》いてたんです」

「あら……かわいそう」

「むかしからですよ、女房がいたころからのことです」

「あのねえ……」

「いや、実は……」

「何？」

「いや、その、杉代が今度、扇十郎さんと……」

「あ、そのはなし、もういいのよ。私も牧野さんも芝居の世界からはなれてしまったのだし、おこころづかいは無用なのよ」

「ですが……」

「いま、お電話したのは、そんなことではないの。ちょっと、お願いがあって……」

「では、ぼくが御宅へうかがいましょう」

引退後の萩原千恵子は、青山のマンションで独り暮している。

「いいのよ。こちらからうかがうわ」

こういうところは、むかしから少しも変らない千恵子だった。

〔現代座〕という大きな劇団を主宰し、大女優、名女優といわれた萩原千恵子だが、人にたのみごとをするときは、必ず自分から出向いて行った。牧野は、千恵子のそうした律義《りちぎ》なところが好きで、〔現代座〕公演の脚本を多く書いてきたのも、千恵子の芸と、こうした折目正しい性格を好もしくおもっていたからだろう。

しかし、芝居の世界の裏側における萩原千恵子の評判はよくなかった。その評判、陰の噂《うわさ》を綜合《そうごう》すると、牧野の脳裡《のうり》にある萩原千恵子とは全く別の人間像になってしまう。だから牧野は、何事につけても、自分自身の目と耳しか信用せず、芝居の世界を、どうにか泳いで来たのだった。

結局、千恵子が、二時間後に牧野のアパートへ来ることになった。牧野が、いかに説いてもむだだった。萩原千恵子は今年、たしか七十六歳になるはずだ。

「躰《からだ》のぐあいが少しよくないと、風のたよりに聞きました」

と、プロデューサーの山崎は、この前に会ったとき言っていたが、千恵子の電話の声は生き生きとして、たとえば、新作の脚本を舞台にのせるときのような活気が感じられた。

（それにしても、おれに、たのみごとというのは何だろう？）

電話を切ってから、牧野は急にそわそわして、千恵子をもてなすためのケーキを買いに出て行った。

牧野が、はじめて萩原千恵子に会ったのは三十年前の夏で、場所は昭和劇場の千恵子の楽屋だ。当時の牧野は三十をこえたばかりで、東京の大劇場へ二、三本の脚本を書いたばかりの新進劇作家だった。

楽屋へ案内された牧野を迎えたのは、萩原千恵子の背中である。千恵子は、こちらへ背中を向け、鏡台へ向っていた。その、真っ白な背中が、いきなり眼《め》の中へ飛び込んできて、牧野は狼狽《ろうばい》した。女優の楽屋へ入ったのは、このときがはじめてだった。四十をすぎた女ともおもえない、ねっとりとしたあぶらに光っている、豊満な萩原千恵子の白い背中の印象は、牧野にとって強烈だった。

「舞台化粧《おか》をしているんで、こんな恰好《かっこう》しています。ごめんなさいね」

そういった千恵子の声まで、いまも、はっきりとおぼえているほどだ。若かった千恵子が新派にいたときからのファンだった牧野が、このとき、千恵子から新作脚本をたのまれ、感激したのはいうまでもない。

千恵子は、戦争中に小さな劇団をつくり、各方面（戦地をふくめて）へ慰問公演をおこなった。それが後の〔現代座〕になったわけだが、

「萩原千恵子はケチだ」

とか、

「あの女は、慰問公演をやっていたころから、財界の大物をパトロンにもっていたの

だ」

　とか、

「権力のかたまりのような女だ」

　などという噂が耳に入ってきたけれども、牧野は気にしなかった。何といっても女ひとりで、六十人もの座員がいた劇団を支え、公演のたびに評判がよかったほどの女優なのだから、さまざまな噂が乱れ飛ぶのは、当然だとおもっていた。

　牧野の、萩原千恵子への脚本提供が重なるにつれて、

「あの二人は完全にできている」

　という風評が立ち、以来、牧野は、つとめて俳優の私生活へ立ち入らぬようになったのだ。こうした風評の、先《ま》ず八十パーセントは単なる噂にすぎないこともわかってきたし、萩原千恵子などは全く気にかけなかった。でも、あるとき一度だけ、千恵子が双肌《もろはだ》を脱いで舞台化粧をしながら、鏡の奥に映っている牧野へ、

「どう？　噂を本当にしちまいましょうか？」

　ふと、いったことがあった。

　ドキリとしたが、牧野は黙っていた。

　千恵子はすぐに話題を転じた。

　引退するときの千恵子も、いかにも彼女らしく、引退声明もせず、久しぶりの公演

をもっと、それを最後に、あっさりと身を引いた。東京の大劇場が、流行歌手や人気テレビ俳優のものとなってしまい、千恵子がいう「ちゃんとした芝居」がやりにくいことがわかると、三十名に減っていた座員の落ちつく先を取り決め、さっと引退した。牧野が萩原千恵子に打ち込んで脚本を書いてきたのも、こうした千恵子のあざやかな進退に心をひかれたからといってもよい。いまにして、そうおもう。

牧野は、アパートへあらわれた萩原千恵子を数年ぶりに見たわけだが、咄嗟《とっさ》にそれとわからなかった。この町の何処《どこ》にでもいるような主婦そのもののような姿で、千恵子は訪ねて来た。しかし、さすがに、これが八十に近い老女とはおもえない。細い縞《しま》のワンピースの、襟《えり》のフリルから出た白い腕のふくよかさは、三十年前と少しも変っていないような気がする。千恵子は黒い眼鏡をかけていた。顔の皺《しわ》は、もはや隠しようがないけれども、化粧は、ほとんどしていなかった。

「牧野さん。案外、小ぎれいにしてあるじゃないの」

部屋へ入って来るなり、千恵子がそういった。

このアパートを、牧野の妻の勝子が建てたとき、千恵子は柱時計を持って祝いに来てくれた。

「あれから、二十七年もたったなんて、おもえませんね」

コーヒーをすすめながら、牧野がいうと、

「いえ、私はおもうわ。たしかに、二十七年たっているのよ。芝居の作者だったくせに、つまらないセリフをいうわね」

「そうか、な……」

「そうよ。ねえ牧野さん、ボケちゃダメよ。年寄りくさくなっちゃダメよ。養老院へ入ってもいいから、頭だけは、しっかりしていてよ」

「ええ。そのつもりだけど……」

「つもりじゃダメ。絶対に、頭だけは、しっかりしていてね。いいわね」

何だか知らないが、久しぶりに会う千恵子には、得体の知れない活気があふれている。

のっけから、牧野は押しまくられている感じだった。牧野の脚本に注文をつけているときの、むかしの萩原千恵子そのものだった。

「牧野さん。お躰のぐあいは、どうなの？」

萩原千恵子は、牧野の持病を知っている。

「いいようです。発作も、このところありません」

梅雨へ入る前の、蒸し暑い曇り日で、千恵子の額には薄汗が浮いていたが血色はよかった。その千恵子が、

「ねえ、牧野さん。私、あと三年ぐらいしか生きられないとおもうの」

と、いい出したものだから、牧野は、びっくりした。もともと千恵子は、勘のはたらきが鋭く、前にも座員のKという壮年の男優のことを、牧野に、

「これ、あなただけにいうのだけれど、Kは、どうも変よ。来年あたり、急に死んでしまうような気がする」

「えっ。だってKは、あんなに丈夫な……」

「でも、私はそうおもうの」

「何の根拠があってです？」

「根拠はないの。私が、そう感じるだけ。でも、Kにすすめて健康診断を受けさせたけど……」

「どうでした？」

「異常はないそうよ」

「それごらんなさい」

しかし、翌年の夏に、あれほど丈夫だったKが、交通事故で急死したときには、ぞ、っとしたものだ。

「だれにもいったことないけど、私には、ときどきこういうことがあるの。それがまた、よくあたるので、自分でも怖くなることがあるわ」

Kの通夜《つや》の席で、千恵子が牧野へささやいたものだった。

その千恵子が、いま、自分の死を予言している。

「冗談じゃない。そんなに元気なのに……」

「だから、急いでいるのよ」

「え？」

「元気ないま……いまのうちに、最後の舞台へ出てみたいの。引退してから、一度もそんなこと、考えてもみなかったけど、急に演《や》りたくなってきたの。やっぱり私、女優なのかしらね。それで、その脚本《ほん》をあなたにたのみたいの。書いていただけるわね」

一気にいう萩原千恵子を、牧野は啞然《あぜん》と見つめた。

いまどき、萩原千恵子を出してくれるような劇場があるだろうか？　千恵子が、どのような女優だったかを知る人びとは、もはやいないといってよい。世代が変り、劇場も変ったのだ。その牧野の胸中を見透かしたように、千恵子がいった。

「劇場《こや》はDホールがいいの」

Dホールは新宿の外れにある小さなホールだ。しかし、芝居するには金が要る。だれがスポンサーになってくれるのだろう。

「五日か六日、演れればいいの。お金は用意してあるけど、役者は私をふくめて三人か、せいぜい四人ね。それで出来る芝居を書いていただきたいの。こんなこと、たのめる人は牧野さんだけになっちゃったし、せっかく、芝居の世界から足を洗ったあなたにすまないのだけど、たのむわ。やってくれない。萩原千恵子最後のお願いよ」

「………」

そういわれれば、やってやれないことはないとおもった。小さなDホールを、たとえば一週間、借りるだけの金なら、おそらく千恵子は用意してあるだろう。しかし、他の出演俳優のギャラと大道具、小道具、衣裳《いしょう》、そして宣伝費となるとバカにならない。

「いいの、宣伝なんて。いまどき、私の芝居に客が来てくれるとはおもわない。ただ、ひたすらに演ってみたくなったの。それだけでいいの。だれに知られなくとも、ひっそりと初日を開けて、ひっそりと千秋楽《らく》が来ればいいの。牧野さんにはすまないけど、そんなのも、私たちに似合っているのじゃないか知らん」

同感だった。たしかに似合っている。牧野も千恵子も、いまは世に忘れられた存在だ。牧野は、うなずいた。

「やって下さるのね?」

「そこまでいわれては、ことわれない」

「ありがとう。うれしいわ」

吸っていた煙草《たばこ》を灰皿へ置いた千恵子が、牧野の右手をぎゅっと握りしめた。

「では、どんな役が演りたいんです？」

「老婆《ろうば》なら、どんな役でもいい」

「ろうば？」

「よろよろの、老いさらばえた女が演りたい。そんな役、一度も演ったことがなかったし……」

たしかにそうだった。ときには、老女の役を演じたこともある千恵子だが、それは、いずれも美しい老女役だった。

「いいでしょう」

萩原千恵子の、ふしぎな情熱に引きずり込まれ、われ知らず、牧野は、

「舞台装置なんか、なくてもいいですね」

「そんなものかまわないけれど、あなたに演出もやっていただきたい、最後だから……」

「いいですよ、やりましょう」

千恵子ではないが、その脚本が牧野の最後の脚本になるだろう。こんなかたちで、またも脚本を書くことになろうとは、おもいもよらぬことだった。

「脚本料は、むかしのままでいい？」

「そんなもの、要りませんよ」

「あなたが取ってくれないと、ほかの人が取りにくくなるし、それくらいの用意はしているつもりよ」

いま、二人のために出演してくれる俳優がいるだろうか、おそらく、いないだろうが、

（こんなときこそ、杉代だけは、何としても出演させる）

と、牧野はおもった。

躰中が熱くなり、暗い、何も飾りつけてない舞台に、ライトを浴びて佇《たたず》む、ひとりの老女の姿が牧野の脳裡に浮かんだ。

「何も注文をつけないから、おもいきって書いてちょうだい」

とか、

「あなたが引き受けて下さるとはおもえなかった。今日、電話するまでに、ずいぶんと迷ったのだけれど……」

とか、興奮してはなしかけてくる萩原千恵子の声を、牧野は夢の中で聞いているようなおもいがした。

六　銀杏屋敷《いちょうやしき》

三カ月か、半年に一度ほど、牧野も、他の家庭の主婦と同様に〔家事〕に疲れ、飽きてくる。初老の年齢となった男の独り暮しで、一応は自炊もしているし、電気洗濯《せんたく》機《き》をつかってもいるのだ。

こうした牧野の生活を知っている、管理人の妻君をはじめ、アパートの住人たちが、よく惣菜《そうざい》をとどけてくれるけれども、飯だけは毎日炊くし、きれい好きな牧野は、毎日のように洗濯をしなくては気がすまない。

こうした生活を、さして苦にはしていない牧野であるが、日数が積もり、重なって来ると、飽きてもくるし、得体の知れぬ疲れが溜《た》まってくる。

現代の若い女たちのことは知らないが、むかしの女たちは、こうした日々を倦《う》むことなく繰り返してきた。いや、それは外見だけで、彼女たちの胸の中は、男には窺《うかが》い知れぬ想念が渦巻《うずま》いていたにちがいない。

牧野の妻の勝子は、地味な女で、質素な生活を、むしろ好んだが、それでいて、一日のうちに二度も三度も着換えをしたものだった。

勝子が身につけていたのは、主として和服だったが、着古したものでも丹念に手入れをしては着る。そして、年に一度ほどは、牧野が目を見はるような、高価なものを買うのだった。

一日に何度も着換えるのは、家事に忙殺される日々を送る主婦の、気分転換だ。そんなことで〔家事〕を担当してくれるのなら、高価な着物など、

(安いものだ)

牧野は、むしろ、勝子が着物を買うことをよろこんでいたのだ。

その勝子が死んでしまい、芝居の仕事も絶え、アパートの自室に引きこもっている生活がつづくと、一日のうちに、われ知らずシャツやスゥエーターを着換える自分を発見し、苦笑を洩《も》らす牧野になっていた。

最近の牧野は、独居に倦むと、神田の台上の一角にあるYホテルへ出かけて数日をすごして来る。

Yホテルの、小ぢんまりとした本館の和室へ泊ると、部屋数も少いだけに万事が行き届いていて、旅館へ泊っているような気分だし、それでいて、ホテルの機能は万全なのが、牧野は好きだった。

梅雨はあがったけれども、曇り日の、蒸し暑い日々がつづいている或日《あるひ》、牧野はYホテルへ来て、午後のひとときを一階のコーヒー・パーラーですごした。

水出しのコーヒーをのみながら、窓際《まどぎわ》の席へかけた牧野は、急な坂道の向うに見えるE大学の図書館へ、目を向けた。

コンクリートの塀越《へいご》しに大銀杏の青葉が、建物を被《おお》い隠してしまっている。

この大銀杏の樹齢は、どれほどになるのだろうか。

あのE大学・図書館が、牧野の曾祖父《そうそふ》の屋敷だった幕末のころから、すでに、

「銀杏屋敷」

と、よばれていたそうだから、かなりの樹齢といってよい。

牧野の曾祖父は二千五百石の旗本で、牧野兵庫尚之《まきのひょうごたかゆき》という名だった。

明治維新がなく、いまも徳川幕府の天下であるとするなら、牧野は当然、銀杏屋敷の主《あるじ》ということになる。

その銀杏屋敷……いや、E大学・図書館の坂道を下って来る男を見て、牧野は、のみかけたコーヒーのカップをテーブルへ置いた。

男は、娘の杉代と離婚した演出家の川田民男《かわだたみお》で、川田は、牧野の孫の高男の父なのだ。

杉代が去年の夏に別れたという、五番目の恋人Hも演出家だが、川田とは性格が大

分にちがう。

高男の父だからというのではなく、牧野は、これまでに杉代が同棲《どうせい》した男の中では、川田民男を好もしいと考えていた。

(ほう。川田も髭《ひげ》を落して、いい顔になったな)

窓から見ていると、川田が立ちどまって手をあげた。牧野にではない。後方にいるだれかにである。

そのだれかが坂道へあらわれた。少年だ。孫の高男だった。

(あ……高男は、こうして、ときどき、川田と会っているのか……)

杉代は、川田と高男は会っていないと言明したし、

「あんなやつに、第一、私が会わせないわよ」

吐き捨てるように、いったこともある。

まさかに、このホテルのコーヒー・パーラーへ入って来るとはおもわなかったのに、川田と高男が坂道を横切り、パーラーへ入って来たので、牧野はあわてた。

川田と高男は、パーラーの円柱の向うの席へついた。

ふとい円柱が、二人の姿を隠してしまった。それは、二人のほうからも牧野が見えないことになる。川田と顔を合わせることについて、別段、引け目を感じることはない牧野だったが、そこに高男が入ると少し事情がちがってくる。

この前も、牧野が孫の高男に、

「ときどきは、お父さんに会うこともあるのかい？」

尋ねたときも、高男は、

「ずーっと、会っていないよ」

そうこたえているし、杉代は杉代で、

「冗談じゃないわ。どうして、高男が、あんな父親に会わなきゃならないのよ。たとえ、川田が会いに来たって、私が会わせないわ」

と、息巻く始末だ。

だが、現に川田と高男は会っている。

牧野の席の、斜め左の一角に、大きな鏡があり、そこへ、川田と高男の姿が映っているのに牧野は気づいた。

ちょっと、頸《くび》を左のうしろへまわせば、牧野の席から二人の姿が見える。

牧野は、コーヒーのおかわりをたのんだ。

鏡の中に映っている川田が、高男に笑いかけると、高男が、うれしげにこたえているようだ。

夏の、新しいブルゾンを白いカッター・シャツの上へ羽織った川田は、年齢相応の面貌《めんぼう》になってい、少し肥《ふと》ったようだ。

牧野が予想したように、高男は大好物のクリーム・ソーダを注文し、川田はコーヒーをのみはじめた。

（杉代のばかめ。高男もいるというのに、なぜ、川田と別れたんだ）

いま、川田はA興行の嘱託のようなかたちで、例のプロデューサー・山崎の下働きをしているようだし、舞台監督をすることもあり、家庭裁判所の調停で決められた離婚の慰謝料を、杉代のところへ、きちんと送ってよこすそうだ。

「万事に気を配ってくれますから、安心して、まかせられます」

と、いつだったか、山崎もいっていた。

杉代と結婚したころの川田は〔ヘラクレス〕という、小さな劇団をひきいていた。ヘラクレスはギリシャ神話の代表的な英雄で、その名前をつけたところに、若い川田の意欲がうかがえた。

しかし、公演のたびに赤字を積み重ね、それを埋めるのは、ほとんど、杉代のテレビ・ドラマの出演料だったから、はじめのうちは〔ヘラクレス〕に熱中していた杉代も、しまいにはうんざりしてきて、それが離婚の原因の一つになったのだろうか……。

離婚してからの川田は、いさぎよく〔ヘラクレス〕を解散し、牧野の口ぞえをたのむこともなく、A興行へ山崎を訪ね、仕事をさせてもらうようになった。

山崎は、牧野と川田の関係を知っていたから、何事にも好意的に取りはからってく

れたようで、川田もそれを知っていて、牧野のところへ挨拶《あいさつ》にあらわれ、

「おとうさんのおかげで、どうやら、飯が食えそうです」

頭を下げたのが、昨日のことのようにおもわれる。

山崎は、こういっている。

「ヘラクレスをやっていたころの川田君は、杉代さんに甘えていたのですね。いまは人柄《ひとがら》がガラリと変りました、というよりも、彼は、もともと、そういう男だったのではないでしょうか」

牧野は、川田と高男がコーヒー・パーラーを出て行くまで、席に残っていた。

パーラーの主任《チーフ》の池口がやって来て、

「今日はコーヒー、二杯あがりましたね」

「うん」

「大丈夫ですか？」

池口も、牧野の持病のことを知っている。何故《なぜ》というなら、牧野が行きつけの銀座M堂の主任・林と池口とは高校時代の同級生だからだ。

「少し前に出て行った、向うの席にいらした方が、牧野さんは、このごろホテルへ泊りに来られるのかと、女の子に尋《き》いていたそうです」

「あの、子供づれの？」

「はい。ところが、その女の子、新しく入ったばかりなので、牧野さんが此処《ここ》にいらっしゃることに気がつかなかったらしいんです」

「いいんだ、いいんだ」

「お知り合いでしたか？」

「まあ、ね」

「ぼくも、ちょいとフロントのほうへ行っていたもので、失礼してしまいました」

その女の子が「フロントへ行って尋いてまいります」といったら、川田は「それにはおよばない」といって、出て行ったそうな。

川田は、牧野がときたま、このホテルに泊りに来ることを高男の口から耳にしたのかも知れない。


この日の夜、萩原千恵子から、ホテルにいる牧野へ電話がかかった。

「アパートの管理人さんから、こちらにおいでだと聞いたので……」

「もう、脚本の催促？」

「早いわね」

「早いですよ。ゆっくり、やりましょう、ゆっくり……」

千恵子は、沈黙した。

「もしもし……もし、もし」

「あ、失礼」

「どうかしましたか？」

「いえ、何でもないの。いえね、脚本のほうは、あなたが引き受けて下さったので安心をしているのだけれど……」

「そのほかに、何か？」

「このお芝居は、あなたと二人でやるのだけれど、やはりだれか、プロデューサーを決めておかないと、いけないのではないかしら」

「なるほど」

萩原千恵子は、女優として、最後の自主公演を、新宿のDホールで演《や》りたいといった。

しかも、萩原千恵子の存在は、世に忘れられてしまっているとあれば、Dホールその他の交渉などをしてくれるプロデューサーが必要であることはいうまでもない。

「それでね、牧野さん。ゆっくりなのはいいのだけれど、一応の目安はたてておきたいの。そうおもわない？」

「そりゃ、まあ、ね」

「ゆっくりでいいわよ。でも、あなたの心づもりでは、いつごろまでに脚本ができるおつもりなの？」

「この夏は、妙に暑くて、頭の中がボーッとしてしまって……」

「でも、こういうことを決めておかないと、万事に……」

「いくら自主公演にしてもね」

「いま、ホールの自主公演、多いらしいわよ」

「ええ、それは……」

いいさして、急に、牧野は黙った。

「もしもし……もしもし、どうかなさった？」

受話器を手にしたまま、牧野の眼《め》が据《す》わっている。

「もしもし、もしもし……」

「あ、失礼」

「どうなさったのよ？」

「いま、ちょっと、おもいついたことがあったものだから」

「何よ？　どうしたのよ？　何を、おもいついたの？」

「あなた、杉代の前の亭主《ていしゅ》で、川田民男っていう男、おぼえてますか？」

「ええ、もちろんよ。高男ちゃんのお父さんでしょ」

「そう。あの男、いまね、A興行の山崎の下で働いているんですよ」

「あら」

「嘱託ですから、借りられるとおもうんだ。川田にプロデューサーをやってもらいましょう。あの男なら気ごころが知れているから、ぼくも安心だ」

「ちょっと牧野さん」

「え？」

「娘を捨てた男を、バカにひいいきにするじゃないの」

「捨てたのは、杉代のほうですよ」

「あら、そうなの。それは知らなかった」

新宿のDホールは、かつて、川田が主宰していた〔ヘラクレス〕が、よく公演をしたホールだから、何かにつけて都合がよい。

われながら、

（いいおもいつきだ）

と、牧野はおもった。それもこれも、今日、このホテルのコーヒー・パーラーで川田と高男を見かけたことが、連想をよんだのだろう。

「それと、もう一つ」

「何？」

「杉代を出してやってくれませんか？」

「でも、出てくれるかしら？　杉ちゃん、このごろテレビへよく出ているから……」

「いけませんか？」

「何いってらっしゃるのよ。杉ちゃんが出てくれるなら百人力《ひやくにんりき》だわ」

と、萩原千恵子の声が弾んで、

「たのしみだわ、今度のお芝居」

「杉代には、あなたのお世話をさせます」

「とんでもない。でも、いいの？」

「何が？」

「川田さんと一緒で……」

「そんなこと、気にしていたら何も出来ないし、あの二人だって平気ですよ」

「そうかしら？」

「そうですとも」

電話を切った後で、牧野は、ふと、おもった。

（もしかして、これがキッカケになり、二人が復縁してくれると、高男が、どんなによろこぶだろう）

しばらく考えてから、牧野は、杉代のアパートへ電話をかけた。杉代は留守で、高男が出た。

「おじいちゃん、いま、神田のYホテルに泊っているんだよ」

牧野がいうと、急に、高男が沈黙した。

「おい、どうした？」

「………」

「高男、おい……」

牧野や母の杉代には内密で、川田とYホテルのコーヒー・パーラーで会ったこと、その同じYホテルに牧野が泊っていると聞いて、高男は小さなショックを受けたのだろうか。

川田と高男を見たことは少しも口に出さず、

「ママにつたえておくれ。明日、ホテルのほうへ電話をしてくれるようにね。いいかい、お仕事のはなしだから、忘れずに電話をするようにね」

「ハイ」

と、こたえた高男の声が、妙に、さびしそうだった。

翌朝、ホテルの部屋で目ざめた牧野は、先《ま》ず、川田民男のアパートへ電話をかけた。

川田も高男と同様に、牧野がYホテルに泊っていることを知ると、急に沈黙してしまい、牧野の苦笑をさそった。

昨日、川田と高男の姿を見かけたことは口に出さず、牧野は、萩原千恵子について語りはじめた。

「いいのですか、ぼくなんかが、プロデューサーをやらせていただいて」

「やってくれるかね？」

「光栄です。萩原さんの最後の舞台に、はたらかせていただくなんて」

「そうか、ありがとう」

牧野の声の調子で、川田は（見られてはいなかった）と、安心をしたらしい。牧野も、杉代を千恵子の舞台に出すことについては、一言もふれなかった。杉代からの電話は、まだ、かかってこない。

「おとうさんの……」

と、いいかけた川田が、

「牧野さんの脚本《ほん》が舞台にのるのを、ぼく、はじめて拝見することになりますね」

「うむ、まあ……」

「どうしたぐあいで、お引き受けになったのです？」

「わからない。われ知らず、萩原さんにのせられてしまった。芝居の虫が、まだ一匹、ぼくの躰《からだ》の何処《どこ》かに残っていたのだろうか……それよりも、君、A興行のほうは大丈夫なの？」

「それは大丈夫です。山崎さんもおられることですし……このはなしを聞いたら、山崎さん、きっと、びっくりしますよ」

「でも、もう少し、黙っていてくれないか」

「しかし、早いうちに山崎さんの耳へ入れておかないと、ぼくの仕事が入ってしまう場合もありますから」

「それはそうだね。よし」

おもいもかけなかった衝動が、牧野の胸につきあげてきて、

「萩原さんの自主公演は、来年の四月だ。四月なら、いつでもいい。公演期間は六日間にしよう。それでDホールのほうと交渉してくれ給え。ただし、ぼくの名前は、まだ出さないようにね」

「来年の四月ですね。で、どんなものを、お書きになるんです?」

「わからない。この暑さで、頭の中は空っぽだよ」

「大丈夫ですか、お躰のほうは」

「調子は悪くない。安心してくれ」

「でも、萩原さんに、それだけの情熱が残っていたとは、おもいませんでした」

「ぼくもだ、おどろいたよ。どうせ、客は来てくれないだろうけど、それでもいいというんだ。それでね、先ず、君にやってもらいたいことは、萩原さんに会って、あの

ひとが、どれくらいの金を出せるのか、それを尋《き》いてもらいたいんだ。ぼくが書く脚本も、それによって変ってくるし、プロデューサーの君にしても、先ず、それを知っておかなくてはね」

「はい」

「Dホール、大丈夫だろうか？」

「今日行って、支配人に会ってきます。来年四月の末でもいいですね？」

「いつでもいい。どういうわけだか萩原さんは、来年の夏前に演《や》りたいといっているんだよ」

「ほう……」

「この前に会ったときは、あと三年ぐらいしか生きられないなんていってたけど、昨日の電話では、夏になると、もうこの世にはいないから、なんていうんだよ、あのひとは……むろん、冗談だろうけどね」

「………」

「君のことは、萩原さんにはなしてある。会ったら、ぼくに様子を知らせてくれないか。ぼくはまだ、五日ほど、このホテルにいる」

「承知しました」

「あ、ちょっと……」

「は?」

「君へのギャラは、ちゃんとするって、萩原さんがいっていた」

「そんなはなしは、後にしましょう」

川田との電話を切った後で、牧野は得体の知れぬ興奮を持てあました。芝居の打ち合わせをするのは、久しぶりのことだった。動悸《どうき》がはげしくなっているのを知り、牧野は例の丸薬を口にふくんだ。

そのとき、杉代から電話がかかってきた。

「ずいぶん長い間、おはなし中だったじゃないの。だれから?」

「だれでもいい」

「高男から聞いたけど、お父さんからお仕事のはなしなんて、めずらしいじゃないの。どんなはなし?」

牧野が、萩原千恵子の自主公演のはなしをすると、杉代は、

「それ、ほんとうなの?」

驚愕《きょうがく》の声を発した。

「いい役はつかないぞ。萩原さんの世話をしてもらいたいんだ。それでいいか?」

「いいも何も……私、恩返しができる。よろこんで出させていただく」

杉代は、殊勝にいった。

「で、どんな脚本《ほん》を演るの？」

「おれが、これから書くんだ」

「まあ……」

電話の向うで、呆気《あつけ》にとられた杉代の顔が、目に浮かぶようだった。牧野は、川田については一言も洩《も》らさず、

「その公演は、来年の四月か五月とおもってくれ。いま、約束したことは、すぐに萩原さんの耳に入れておくから、約束を破ることはできないぞ、いいな」

「いい、いい。わかってる」

電話を切ってから、牧野は、さらに黒い丸薬を一粒、口へ入れた。

牧野の亡母つねは、牧野の曾祖父《そうそふ》で、つねには義理の祖父にあたる牧野兵庫尚之を、何度も見ているといった。

明治維新で徳川幕府が崩壊してしまったら、二千五百石の旗本も何もあったものではない。

もっと大身《たいしん》の旗本の娘が、一家の貧窮のために身を売ったというはなしなど、めずらしくもなくなったのである。

神田の〔銀杏屋敷《いちょうやしき》〕とよばれた宏大《こうだい》な屋敷を、明治新政府に没収された牧野兵庫は、

曾祖母と共に下谷《したや》の山伏《やまぶし》町の小さな家に移り住んだ。

「牧野のおじいさんはね、その裏長屋のような家で、片襷《かただすき》をして、傘《かさ》を張っていなすったっけ」

などと、亡母は、牧野が芝居の舞台でしか見たことのない情景を語って、

「ああなっては、直参《じきさん》も旗本も、あったものじゃあない。なんでも御一新前には奉公人が四十人《しじゅうにん》もいたそうだからね」

と、いった。

明治以後の牧野兵庫へ、つきそっていた曾祖母の千代というのは、かつて、屋敷にいた侍女だったそうである。正妻は、慶応二年に病死している。二人いた子女も早死をしてしまい、千代との間に生まれた妙《たえ》が、すなわち牧野の祖母ということになり、牧野の父を生んだことになる。

牧野の父も母も、共に病弱で、牧野が劇作家になったころは、すでに世を去っていた。

「おれのところは、牧野兵庫以来、薄幸な家柄《いえがら》になってしまったようだ」

牧野は、亡妻の勝子に、

「時代が大きく変るということは、ほんとうに恐ろしいものなんだね」

つくづくと、そう洩らしたことがあった。

その日も牧野は、コーヒー・パーラーの、いつもの席から、E大学・図書館の大銀杏をながめていた。

今日も蒸し暑い。例年にくらべて今年の夏の暑さは、異常なほどに湿度が高い。牧野の知人が、毎日のように死んでいく。だが、牧野自身は例年になく元気で、食欲もおとろえなかった。牧野が弱いのは、やはり、冬の寒気だった。

一昨日、ホテルに川田から電話があった。萩原千恵子は、自主公演に出せる金高を率直に告げたそうだ。それは、牧野が想像していた金高よりも多かったが、やはり、出演してもらう俳優は、せいぜい、四人か五人だろう。そのかわり、舞台装置と照明には、少し金をかけることができるとおもった。

Dホールのほうは、来年の四月二十七日から五月二日までの六日間を、

「決めてきました」

と、川田は報告し、

「それで、実はですね……」

何かいいかけたが、

「あ、これは、いずれまたのときに……」

「変だね。こういうときは、遠慮なく、何でもいってくれなくては困るよ」

「いえ、仕事のことじゃないんです」

「では、どんなこと?」

「いや、これは別に……大したことではないんですよ。ともかくも、ここまで決まりましたから、後は、あなたの脚本を待つばかりです」

「ふうむ……」

　脚本を書くのは、何年ぶりのことだろう。

（さて、どんなものを書いたらいいか……）

かつて、牧野は時代物の脚本を多く書いてきた。だから、全盛時代の新国劇の舞台では何度も上演されたものだった。

　パーラーの窓から、E大学・図書館の塀《へい》と、塀の上から被《おお》いかぶさっている大銀杏の葉を、ぼんやりとながめて、牧野は、ぬるくなったコーヒーを口にした。

　そのとき、図書館・塀外の坂道を老婆《ろうば》がひとり、おぼつかない足取りで下って来た。

　それを見た瞬間に、牧野の脳裡《のうり》へ閃《ひらめ》いたものがある。

　それは今度、自分が書こうとしている脚本の題名だった。

（銀杏屋敷……そうだ。この題名がいい）

　書く脚本の内容がわからぬうちに、題名を思いつくことは、牧野の場合、めずらしいことではなかった。つまり、頭のどこかで、イメージがふくらみつつあるといってよい。

(舞台に大銀杏を飾り、あとは何もいらない。照明だけだ)

大銀杏の陰に佇《たたず》む、ひとりの老婆(萩原千恵子)の姿が、牧野の胸に浮きあがってきた。

(これは、うまく行くかも知れない)

何となく、胸がときめいてきた。

(萩原さんに、どんな老婆を演《や》らせたらいいだろうか……?)

それが決まれば、原稿用紙に向わなくとも、半分は書けたも同然だ。

(今度の仕事で、川田君は杉代と、うまく復縁してくれるだろうか? 何といっても子供が、高男というものがいるのだから……それに、杉代も、いまの川田君を見たら、きっと気持ちが変ってくるのではないだろうか)

それを思うとき、牧野の胸は明るくなる。何といっても、いまの牧野にとって、愛をそそぐ対象は、孫の高男だけなのである。

(片親の子はいけない。これでもし、杉代が、また、ほかの男と結ばれたりしたら、高男は、どんなおもいがするだろうか)

川田から電話があったのは、この日の夜だった。牧野は翌日、ホテルを引き払うことにしていた。

川田が、私事で、ぜひ、お目にかかりたいというのへ、

「昨日、何かいいかけたのは、そのことなんだね？」

「はい」

「電話でいいよ。さ、はなし給え」

「は。それでもいいのですが、でも、お目にかかって……」

「それほどにいうのなら、どうだい。明日、昼前にホテルへ来ないか。ぼくも昼飯をすませてから帰るつもりでいたのだから、久しぶりで一緒に昼飯をやろうじゃないか」

「かまいませんか？」

「いいとも。待っている。では、十一時ごろ、ホテルの本館のロビーで待っているよ」

「はい。では、そうさせていただきます」

こころなしか、川田の声は沈んでいるようだった。

翌日の午前十一時半に、牧野がロビーへ降りて行くと、すでに川田民男は待っていた。

牧野は、ホテル内の和食堂で天ぷらを食べることにした。

食事中も、川田は黙念としていて、口を開こうとはしない。

牧野も強《し》いて尋《き》かなかったが、

(仕事のはなしではないといったけれど、何か急に、A興行のほうから止《と》められたのかも知れない)

とも、考えられる。

食事が終った。

「コーヒーをのもうか」

「は……」

この時間のコーヒー・パーラーは空《す》いていることを、牧野はわきまえていた。

いつもの席ではなく、パーラーの片隅《かたすみ》の、他の客たちとは離れた席へかけて、牧野はコーヒーを注文した。

「此処《ここ》ならいいだろう。さ、何のことか、遠慮なく、はなしてくれ給え」

「実は……」

「実は?」

「もっと早く、申しあげなくてはいけなかったのですが……」

「何のこと?」

「実は、ぼく、今度、結婚をすることになりまして」

「!……」

「このはなしが決まる前に、二度ほど、杉代に会いました」

「ふむ……」

「復縁したかったんです、杉代と……」

主任《チーフ》の池口がコーヒーを運んできたので、川田は沈黙した。

「そうか……」

牧野は、落胆のためいきを吐《は》いて、

「杉代のやつ、承知をしなかったんだね」

「は……ぼく、高男のためにも、杉代と復縁するのが、いちばんいいとおもったのですが、いくら、たのんでもダメでした」

「そんなことがあったのか……」

「杉代は、何もいいませんでしたか?」

「いわない。あいつは、そういう女なんだよ」

スプーンの砂糖をカップへ入れながら、牧野が、

「で、結婚の相手というのは、どこかの女優さんなの?」

「いえ」

川田は、かぶりを振って、

「A興行の重役で秋山さんという人を、知っておられますね？」

「ああ、知っている」

「このはなしは、秋山さんから出たのです。女優じゃありません。サラリーマンの娘さんなんです」

ようやく、川田はコーヒーに口をつけた。

「川田君」

「はい？」

「高男を、君が引き取るつもりじゃないだろうね？」

「いえ、引き取るつもりなんです」

「そのことを、高男にはなしたの？」

「まだ、はなしていませんが、今度の結婚の相手が引き取るといってくれるものですから……」

「ふうむ……」

牧野が、凝《じっ》と川田を見つめた。

川田は、眼を逸《そ》らした。

長い沈黙がきた。

「わあ、暑い、暑い」

大声をあげながら客が二人、パーラーへ飛び込んで来た。

牧野が、伝票を手に立ちあがり、

「川田君。萩原さんの芝居、たのむよ」

「は。一所懸命やらせていただきます」

「たのむ。それからね、高男のことだが……」

と、牧野は乾いた声になって、こういった。

「高男の母親は、ひとりでいいとおもう」

七　電　話

その日の朝、牧野は激しい身ぶるいと共に目ざめた。

昨夜、躰《からだ》にかけて寝た薄い毛布を、いつの間にか剝《は》いでしまっていた。

半身を起したとき、また、身ぶるいが出た。

部屋の中の冷気は、鋭かった。

牧野は、自分で脈をとってみた。別に異常はない。すぐに起きあがり、寝床を出て着換えをすますと、先《ま》ず持薬の丸薬を二粒のみ、コーヒーの仕度にかかった。

躰があたたかくなると、部屋の冷気も、さほどではなかった。

今年の秋は、駆け足でやって来た。

あの酷暑の日々が、まるで、夢のようにおもわれる。暑さが消えたかとおもうと、残暑を感じる間もなく、秋になってしまったような気がする。

昨夜、つくっておいた鶏《とり》のスープをあたため、トーストにコーヒーの朝食をすませ、時計を見ると、まだ七時だった。

今日は、日本橋の昭和劇場で、いよいよ〔雨の鈴鹿川〕の舞台稽古《ぶたいげいこ》がおこなわれる日だ。

市川扇十郎からも、娘の杉代からも、

「ぜひ、舞台稽古を観《み》てくれ」

と、いってよこしたけれど、牧野は、行くとも行かないともこたえていない。だが、はじめから行くつもりはなかった。

初日は、明後日だった。

朝食を終えた牧野は、台所へ入って、すぐに後始末をした。食事の後始末は、すぐにしてしまわないと、汚れた食器がたまるばかりとなるからだ。

それから、暖房器のスイッチをつけて、故障がないことをたしかめ、押入れの奥から小型の電気ストーブを出し、ハタキをかけ、ぐあいをためしてから浴室へ運んだ。

このアパートの他の部屋は別として、牧野の部屋は、浴室とトイレットが一つになっている。

そのトイレットの傍《そば》へ電気ストーブを置いたとき、電話のベルが鳴った。杉代からだった。

「お父さん。今日は、来てくれるんでしょうね?」

「行かない」

「なぜ？　なぜなのよ？」

「なぜでもだ」

「だって……」

「今日は映画の試写がある」

「そんな……たった一人の娘が、お父さんの芝居を演《や》るのよ。ずいぶん、ひどいじゃないの」

「いまのおれにとって、映画の試写は飯の種だ。それを観て、原稿を書かなくてはならない」

さすがに、杉代は憤然となったらしく、たたきつけるように電話を切った。

牧野は、苦笑を浮かべた。

舞台稽古を観たくないわけではなかったけれども、

（あの役を、杉代がこなすことはできない）

そのおもいに、まだ、牧野はとらわれている。

いうまでもなく、市川扇十郎には、相応の自信があって、再演に踏み切ったのだから、悪くないに決まっている。

牧野も、明後日の初日には行くつもりだった。招待券が二枚来たので、A興行のプロデューサー・山崎をさそっておいた。

しかし、舞台稽古で、扇十郎とは格段に見劣りする杉代を見たくなかった。見るのが、

（照れくさい）

のである。

つい先ごろ、市川扇十郎から電話があったとき、扇十郎は、杉代については一言《ひとこと》も口にしなかった。

牧野も強《し》いて尋ねようとはしなかったが、電話の向うの扇十郎の顔が目に浮かぶような気がした。扇十郎は杉代を起用したのはよいが、二人だけの抜き稽古をつづけるうちに、

（こいつはダメだ。やっぱり、萩原千恵子のようには行かねえ）

杉代の拙劣さに、舌打ちをしているのではあるまいか。

「ま、ともかくも、舞台をごらんになって下さい」

そういった扇十郎の口調には、杉代の演技を、あきらめてしまったようなニュアンスが窺《うかが》われないでもなかった。

杉代は、演技が下手ではない。むしろ、いまのテレビや舞台に出ている、セリフもろくにいえぬ女優たちよりは、ずっといい。だから、今度の役も一応は演るだろうし、

点があまい、いまの劇評で、

（もろに、やっつけられることもあるまい）

と、牧野は予想しているが、何といっても、今度の女髪結《おんなかみゆい》は、唖の扇十郎をリードして行かなくてはならない。杉代がセリフのない扇十郎を、どのようにリードして行くのか、おもうだに寒気がする。

午後になって、牧野は、Gホールでの、映画の試写へ出かけたが、どのような映画だったのか、終って外へ出たとき、ほとんどおぼえていないのに気づいた。

戦争映画だったことはたしかだが、スクリーンに向けていた牧野の眼は空虚《うつろ》だった。そのくせ、脳裡《のうり》には、いまごろ進行中にちがいない、昭和劇場の舞台稽古の様子が浮かんできて消えないのである。

（やはり、内心では、杉代のことが気にかかっているのか……？）

このことだった。

牧野は、少し疲れていた。

Gホールに近いコーヒー・パーラーへ入り、窓際《まどぎわ》の椅子《いす》にかけた。

この席から靴磨《くつみが》きの老女、すなわち、市川扇十郎の実母の姿を見ているうち、衝動的に、牧野が尾行してしまったのは、今年の晩春の或日《あるひ》だった。あれから半年近くが過ぎてしまっている。

ということは、半年近くも、このコーヒー・パーラーへ立ち寄らなかったことになる。

(いない)

老女の姿は、いつもの場所に見えなかった。

場所を換えたのかとおもい、椅子から立って、窓の外を見まわしたが、何処《どこ》にも見えない。

(病気でもしているのかな?)

あの老齢では、今年の夏の酷暑は、きっと躰にこたえたろう。

「あの、何か?」

コーヒーを運んで来たボーイが、立ちあがっている牧野の様子を見て、問いかけてきた。

「うむ。あのね……」

椅子にかけた牧野が、窓の外を指して、

「そこの並木の下に靴磨きのお婆《ばあ》さんが、いつも出ていたね」

「はい」

「今日は出ていないけど……」

「はあ。何でも病気になってしまったらしいんです。出なくなってから一カ月ほどになります」

牧野の予感は、適中した。

ボーイは、コーヒーを牧野の前に置き、

「常連さんも心配して、中には、お見舞いに行った人もいるらしいですよ。あそこで靴を磨いてから此処《ここ》へ来て、コーヒーをおのみになるお客様も少くなかったんです」

「そう……」

「はい」

「そのほかに、あなたは何か知っていない？」

「それだけです。失礼いたしました」

「ありがとう」

ボーイが去った後、コーヒーに口をつけたが、今日のコーヒーは、あまり旨《うま》くなかった。

秋晴れの空が、銀座ではめずらしいほどに澄みきって、淡い夕闇《ゆうやみ》がただよいはじめている。むかしは、銀座の街が、一年のうちで最も美しく見える季節だった。いまの銀座は排気ガスの臭気がひどく、ビルディングの林立で空がせまくなってしまったし、ゆっくりと散歩する気にもなれず、コーヒーの一杯ものみ、あわただしく買物をすませると、牧野は逃げるように帰って来てしまうようになっている。

だが、今日は、アパートへ帰って夕飯の仕度をするのが面倒な気分になり、Mデパートの裏にある行きつけのS鮨《ずし》へ寄り、簡単にすませることにした。

「あっ。お久しぶりですね」

S鮨へ入ると、むかしからいる中年の職人が、

「来月の昭和劇場、たのしみにしています」

と、いった。

そういえば、この職人は芝居が好きで、劇作家時代の牧野が書いた芝居は、ほとんど観てくれている。

まだ、時間が早いので、客は牧野ひとりだった。

「お嬢さんも出演なさるんですってね」

「ええ、まあ……」

「雨の鈴鹿川、初演のとき、萩原千恵子が演《や》って評判をとった役を、お演りになるそうで」

「よく知っているね」

「ずいぶん、いろんな新聞に出ていましたよ」

「へえ……」

新聞をとらないわけではないが、近ごろの牧野は、新聞を見たり、テレビのニュースを見たりすると気が滅入《めい》るばかりなので、あまり見ない。

「私たちみんなで、七日目の日曜日に拝見します」

と、この店の二代目の主人がいった。

牧野は、S鮨の先代のころからのなじみだった。

「今日は、お酒、どうなさいます?」

「そうだね。久しぶりにのもうか」

「はい」

職人が、牧野の好きな小鰭《こはだ》の仕度にかかった。

店内の壁に、昭和劇場のポスターが貼《は》られてあった。市川扇十郎と佐々木淳子の名前が大きく出ているのはもちろんだが、杉代の名も小さく出ている。S鮨では、むかしから店内に劇場のポスターなど貼ったことがない。

牧野の目と二代目のあるじの目が合った。

牧野は、わずかに頭を下げた。

あるじは、にっこりとして、これも頭を下げた。

酒が運ばれてきた。

この日の夜ふけに、市川扇十郎から電話があった。

「舞台稽古、いらっしゃいませんでしたね」

「すまない」

「見ていただいて、いろいろ、お気づきになったことをうかがいたかったのです」

扇十郎の声には張りがあった。舞台稽古はうまくすすんだものか……いや、うまく進行するがためには、何といっても扇十郎の相手をつとめる杉代の出来がよくなくてはならないはずだ。

杉代は、うまく演り果《おお》せたのか……。

「杉代は、迷惑をかけなかったろうか？」

牧野は、おもわず、尋《き》かずにはいられなかった。

扇十郎は、それにはこたえず、

「初日には、いらっしゃるのでしょうね？」

と、念を押した。

「行きます」

「杉ちゃんのことなら、初日を、ごらんになればわかります」

「だって、扇十郎さん……」

「萩原千恵子さんにはおよびませんが……」

「当然だ」

「それよりも、お願いがあるんです」

「え？」

「来年、千恵子さんの自主公演の脚本《ほん》をお書きになるそうで」

「だれから聞いたの？」

「今日、杉ちゃんから聞きました。杉ちゃんも出演《で》るんですってね」

「うむ。でも、このはなしは……」

「だれにも洩《も》らしませんよ」

「そう願いたい」

「それで、お願いというのは、ほかでもないんです。私も出させていただきたいんです。出たいんです」

「冗談じゃない。萩原千恵子が、ひっそりとやる自主公演ですよ。いそがしいあんたが……」

「来年、四月の末なら、ちょうど、躰《からだ》があいてるんです」

「だって、ギャラが……」

「ギャラなんていいんです。といっても、それでは千恵子さんのプライドもありましょうから、ギャラはいただきます。いかがです、杉ちゃんと同じでは……」

「そんなことは、世間で通りませんよ」

「私だけじゃなく、その自主公演にたずさわる人のギャラは上も下もなく、全部、同じにしたらいかがです」

「うーむ……」

扇十郎の、この言葉を聞いたら、萩原千恵子は、どんなによろこぶだろう。

川田民男も、プロデューサーとして、やりやすくなることはいうまでもない。

「私は、あなたの新作にぜひ出たい。出していただきたい」

と、扇十郎はいった。

世辞だけではないだろう。わずかなギャラで出演させてくれといっているのだ。扇十郎は、一言もいわないが、おそらく最後の舞台になるだろう、萩原千恵子に協力したいのかも知れない。

「どんな役でもいいのです。出させて下さい。それとも私が却《かえ》って邪魔になるようでしたら、遠慮します」

「そうじゃない、あなたが出てくれるとなれば、脚本《ほん》が書きやすくなる」

「それじゃあ、決まりましたよ。いいですね？」

「ほんとうに大丈夫なの？」

「大丈夫です、御心配なく」

「よし。じゃあ、お願いしましょう」

そういったとき、牧野の全身が熱くなった。

「どんなものを、お書きになるんです?」

「まだ、そこまでは……だが、題名だけは決まっている」

「どんな題名なんです?」

「銀杏屋敷」

「いい題名だなぁ……」

「そんなことをいって、うれしがらせちゃダメだよ」

「いいですよ、いい題名ですよ」

「そうだろうか?」

「では、今夜はこれで」

と、扇十郎が電話を切りそうになったとき、牧野は、扇十郎の生母が病気になっていることを知らせようかとおもった。

(でも、扇十郎は、あのコーヒー・パーラーへよく立ち寄るらしいから、知っているのかも知れない)

はたらき者の、あの老女が長く病床にあって、常連の客が見舞いに行ったというのだから、病気は重いにちがいない。

老女の嫁が、ラーメン屋の主人へ、

「うちのおばあちゃん、血圧が高いんだから、ラーメンは月のうち、三度ぐらいにしてあげてちょうだい」

そうたのんでいた言葉を、牧野はおもい出した。

(すると、血圧関係の病気か……)

脳溢血《のういっけつ》、脳卒中《のうそっちゅう》などの病名が牧野の脳裡に浮かんだ。

「じゃ、初日にお待ちしております」

急に言葉があらたまって、扇十郎が電話を切った。

牧野は、それから、川田民男のアパートへ電話をかけ、市川扇十郎が出演してくれることをつたえると、

「ほんとうですか、嘘《うそ》じゃないでしょうね?」

「ほんとうだよ」

「それなら仕事がやりやすくなります。Gホールもよろこぶでしょうし、新聞記事にもなります。スポンサーも……」

「あ、ちょっと」

「何です?」

「これは千恵子さんの自主公演なんだ。千恵子さんは、自分の金で、ひっそりと初日

を開《あ》け、ひっそりと千秋楽《らく》を迎えたいのだ。その気持ちを大事にしたい。あ、そうだ。このことを忘れずに扇十郎さんにもはなしておかなくてはいけない。君も、そのつもりでね。扇十郎出演の件はGホールにも当分は伏せておき給え」

「わかりました。でも、これは凄《すご》いことですよ」

川田の興奮は、なかなか治まらなかった。

牧野も、今夜は眠れぬとおもい、寝床へ入る前に、睡眠薬をのんだ。


昭和劇場の初日が開いた。

牧野は、A興行のプロデューサー・山崎と共に、初日の舞台を観《み》た。

一番目は、佐々木淳子の現代物で、市川扇十郎が相手役をつとめる。杉代も、ちょいとした役で一場だけ出ていた。

休憩があって、いよいよ〔雨の鈴鹿川〕の幕があがった。正直にいって、牧野は、杉代の演技がどんなものだったか、よく、おぼえていなかった。何だか動悸《どうき》は激しくなるし、冷汗のようなものが背中に浮いてきて、山崎にわからないように持薬の丸薬を口にふくむのが精一杯の牧野だった。

おぼえているのは、観客の拍手が多く、大きかったことだ。

第二場が暗転になったところで、山崎が、

「杉代さん、いいですねえ」

たまりかねたように、感嘆の声を発したものだから、牧野はドギマギして、

「そうだろうか?」

「そうだろうかって、あなた、観てなかったわけじゃ……」

「わからなかった」

「え?」

「上《うわ》の空だった。杉代が扇十郎に迷惑をかけているのじゃないかとおもって……」

「ふうむ。牧野さんにも、そういうところがあったんですか、やはり父娘《おやこ》ですねえ」

「よせよ」

「すみません」

あとで山崎がいうには、初演の萩原千恵子とはちがって、杉代は杉代の女髪結にな
っていた。杉代の個性による役づくりがなされてい、それを扇十郎が例の木の札《ふだ》をつ
かい、たくみにリードしていたし、杉代も体当りに打《ぶ》つかって、観客は熱狂していた
というのである。

木の札というのは、あの、唖の靴磨《くつみが》きの老女、扇十郎の生母からぬすみとったもの
にちがいない。

大詰になり、扇十郎扮《ふん》する北浦《きたうら》の伊三蔵《いさぞう》が斬死《きりじに》をして幕が下りると、山崎は他の観

客と同様に大きな拍手をした。場内の拍手は鳴りやまなかった。

牧野は、逃げるように廊下へ出た。

すぐに、山崎が追って来て、

「これは、うちで演《や》らしていただくんでしたな。大当りですよ。杉代さんもいいし、扇十郎もよかった。いかがです、扇十郎の楽屋へ行きませんか？」

「ぼくが楽屋へ行かないことは、よく知っているはずだ」

「だって、これは、あなたの御作《おさく》なんですよ。演出も……」

「だけど、今度の演出は扇十郎さんなんだ。もしも……もしも、杉代が、どうにか演れたというんなら、それは扇十郎さんの演出があったからだよ。さ、出よう。その辺で何か食べようじゃないか」

外へ出ると、夕闇《ゆうやみ》がただよっていた。昭和劇場の終演は早い。その昼の部だから、五時にはまだ間がある。

むかしから牧野が知っている洋食屋の〔T軒〕で食事をしたが、そのとき、ふと、牧野は靴磨きの老女が病気だということをおもい出した。

「山崎君。すまないが、これから、ちょっと寄り道するところがあるんだ」

「どうぞ、どうぞ。今日は、ほんとうにありがとうございました。嘘じゃありません。杉代さんは、ほんとによかったです。もう一度、ごらんになるでしょうね？」

「君が、そこまでいってくれるんなら、もう一度、観よう」

「ぜひ、お願いします」

山崎は、来年の萩原千恵子・自主公演については、まだ知らないらしい。川田民男は口の堅い男だった。

山崎と別れた牧野は、タクシーを拾い、文京区のN町へ向った。

N町の啞の老女の家は、手はかけてみたが開かない。カギが閉まっていた。老女は入院中なのだろうから、靴磨きの客となって病人のぐあいを尋ねてみるつもりだった牧野は、仕方もなく引き返した。

保育園の空地に、見おぼえのある、中華そばの屋台が出ているのを見て、牧野は近寄って行った。屋台の前の縁台には、早くも四人ほどの客が腰を掛けており、おもいおもいにラーメンを啜《すす》っていた。その中へ牧野も躰を入れた。

「いらっしゃい」

ラーメン屋の主人の声に、つられて、牧野が、

「あの、つかぬことを……」

「はい、はい」

「ここへ、よくラーメンを食べに来ていた靴磨きの、お婆《ばあ》さんがいましたね？」

「はい。あ……旦那《だんな》は、この前、お見えになったことがありますね」

「よく、おぼえて……」

「はい、はい。旦那は、あの、お婆さんの、常連のお客さまだったのでしょうか?」

「ええ、まあ……」

「御存知ではなかったので?」

「何を?」

「昨日が、お葬式でした」

「えっ……」

「銀座あたりから、あの、お婆さんの常連さんが何人も参列して、昨日の夕刊にも出ましたよ。ごらんにならなかったので?」

「………」

昨日の夕刊は、見なかった。近ごろの牧野は朝刊も読まないことが多い。テレビも観ないし、髭《ひげ》を剃《そ》るのも忘れている始末なのだ。

牧野は、老女の葬式の記事が、どこの新聞に出ていたのかをラーメン屋の主人に尋ねるのを忘れたまま、帰宅して、昨日の夕刊をしらべたが、牧野が一種だけ取っている新聞には、記事が出ていなかった。

市川扇十郎は、記事が出ている新聞を読んでいるのだろうか……。

夜ふけの十一時に、杉代から電話がかかってきた。

「お父さん。今日、来てたわね」

「ああ、行った」

「わかったわ。舞台から見えたわ。山崎さんと一緒に……」

「山崎君は、ほめていたよ、お前のことを……」

「お父さんは？」

「………」

電話の向うで、杉代が舌打ちをするのが聞こえた。

その顔が、見えるようだ。

「千恵子先生、明日、おみえになるって。先刻《さっき》、電話があったわ」

「おれも、そのとき、行くかも知れない。萩原さんに会いたいから」

「私の舞台を観たいんじゃないの？」

杉代の声は、弾んでいた。

今日の初日の、評判がよかったことを知っているからだろう。

「杉代」

「はい？」

「自信と慢心とは、紙一重だぞ」

「あらぁ……」

「何だ？　その声は」

「御忠告、たしかに、うけたまわりました」

「………」

「ねえ……ねえ」

「何だよ？」

「気がついたことがあったらいって。何でもいいから」

「別に……ない」

「ないことないでしょう。お父さんは、作者なんだから」

「高男、いるか？」

「ええ。もう、寝ちゃったけど」

「明日、こっちへよこしてくれ。一緒に行く」

「わかった」

「じゃあ切るぞ」

「いいわよ」

と、杉代の声は、あくまでも機嫌《きげん》がよかった。

急に、部屋の中が寒くなってきた。

ほかに何か、杉代にいうことがあったような気がする。しかし、おもい出せなかった。

それにしても、市川扇十郎は生母の死を知っているのだろうか。知らなかったとしたら、牧野が告げてやるべきではないのか。

よけいなことかも知れないが、何といっても、あの靴磨きの老女は、市川扇十郎を生んだひとなのである。

（いずれにしても、扇十郎さんに電話をしておこう。杉代のことについて、御礼をいわなくてはならないし、萩原千恵子の自主公演についても、はなしておかないといけない）

十二時近くなってから、牧野は電話をかけるために立ちあがった。この時刻なら扇十郎は帰宅しているはずだった。

そのとき、電話が鳴った。

扇十郎からだった。

「あ……いま、こちらから電話しようとおもっていたところなんだ。今度は、杉代が本当に、お世話になって……」

牧野は、われ知らず、電話に向って頭を下げた。

「今日、いらしたそうですね」

「ええ」

「いかがでした？」

「それが……その、杉代のことが気になっていた所為《せい》か、夢中で、よく、わからなかった」

「ふうむ……」

「Ａ興行の山崎君は、ほめてくれたけれど……」

「そうですか、そうですか」

扇十郎の声に、曇りはなかった。

生母の急死を、知らぬとしかおもえない。

「あの……」

「何でしょう？　お気がつかれたことがあったら、何でもそういって下さい。御遠慮なく」

市川扇十郎は、以前、生母のことにふれたとき、

「私の出る幕は、まったく、ありませんでした」

と、牧野にいった。

その乾いた声が、いま、牧野の脳裡《のうり》へよみがえってきた。

牧野が、明日、劇場へ行くことを告げると、扇十郎は、

「楽屋へいらしていただけますか?」

「行ってもいいけど……何か?」

「いえ、ちょっと……」

扇十郎は、何か、ためらっている様子だった。

そして、電話を切った。

牧野が、浴室の湯を沸かすために、ガスをつけていると、また、電話が鳴った。

今度は、A興行の山崎からだった。

「遅くにすみません。今日は、ありがとうございました。早速ですが……」

「ふむ」

「これは、まだ決まっていないんですが、おそらく決まるとおもうんです。来年三月の、大阪のうちのMホールなんですが、扇十郎さんに雨の鈴鹿川を出してもらおうかとおもっているんです。もし、そうなったときは、おゆるしがいただけますか?」

「そりゃ、いいけど……」

「杉代さんにも出ていただきます。二、三日うちに決めます。私の担当なんです」

「では、初日の評判、よかったのだね?」

「うちの重役たちも今日、観《み》て、大変に乗気です。たぶん、決まるとおもいます」

「君にまかせる」

「牧野さん。もう一度、カムバックして下さいよ。いまは時代劇の脚本《ほん》を書く人がいないんです。いても大劇場の脚本にならないんです」

「ぼくは、もうダメだ。体力も気力もない」

　劇作家なら、胸が躍るような再演のはなしにも、牧野は冷めていた。山崎は、このはなしは三日ほど伏せておいて下さいといって、電話を切った。

　入浴して、寝床へ横になり、今日の最後の煙草《たばこ》に火をつけたとき、また、電話だった。かつての、自分の芝居の初日の晩を否応《いやおう》なく、おもい出させる。電話は扇十郎からだった。

「遅いのにまた……かまいませんか」

「かまいません」

「やはり、電話のほうがはなしやすい。面と向っては、はなしにくいことだものですから」

「どんな？」

「自分の口から、いい出しておきながら、こんなことをいうのは、はずかしいのですけれども……」

「ふむ、ふむ」

「今日、杉ちゃんから、くわしいはなしを聞いたのですが、つまりその、萩原千恵子さんの自主公演のことなんです」

「どんなことです？」

「千恵子さんは、ひっそりと初日を開け、ひっそりと千秋楽《らく》を迎えたい、と、いっているそうですね？」

「そうなんだ。実は明日、そのことをあなたと……」

「牧野さん。これは、私の出る幕じゃあないとおもいます」

「………」

「千恵子さんほどのひとが、そのようにおもっていることを、私、いろいろに考えてみました。私が、お手つだいをすれば、一応、世間の話題にはなるでしょう。それは、どうも、よけいなことのような気がしてきたのです」

扇十郎の声には、沈痛のひびきがあった。

「私も役者だけに、いまの千恵子さんの気持ちが、何だか、わかるような気がしてきました。あくまでも、御自分の最後の舞台を、ひっそりと開け、ひっそりと閉じたい……ね、牧野さん」

「ふうむ……」

「私、あさはかでした。このはなしは無かったことにしていただけませんか」

「………」

「牧野さん……牧野さん」

「あ、失礼。あなたは、そこまで考えて下すったのか……」

　われ知らず、牧野の声がうるんで、

「よく、わかりました。おそれいった」

「とんでもないことです。でも、おもいきって電話をさしあげてよかった。遅くにごめん下さい。では……」

　と、扇十郎が電話を切りそうになったので、牧野は、少しあわて気味に、

「あ、ちょっと……」

「何か？」

「いつだったか、あなたが教えてくれた靴磨《くつみが》きの……」

「生母のことですか？」

「そう。その後、御元気？」

「さあ、わかりません。それが、何か？」

　扇十郎は、短かい沈黙の後に、

「いや、今日の舞台を観て、あのときのことをおもい出したものだから……」

「そうでしたか。では、失礼します。おやすみなさい。明日、楽屋で、お待ちしております」

「ええ」

電話が切れた。

ほんとうに、市川扇十郎は何も知らないのだろうか？　だが、牧野が「その後、御元気？」と尋ねたとき、扇十郎は一瞬、沈黙し、つぎに取ってつけたように「さあ、わかりません。それが、何か？」と反問してきた。

そのときの口調が、電話の向うの扇十郎の顔が気にかかる。

芝居の脚本と演出をしていたころのくせが直らず、牧野は人の言葉や声に敏感だった。いや、敏感すぎて、それこそ、よけいなおもいすごしをすることが少くない。

（おれの出る幕じゃあない……そういうことか）

寝床へ入った牧野は、枕元《まくらもと》に手を伸ばした。

薬が入った、小さなケースの蓋《ふた》を開けて、医者がくれる軽い睡眠薬を一粒出し、冷めたい水でのみ下した。

今夜は、何も考えたくなかった。

（でも、よかった。杉代のやつが、みんなに迷惑をかけなくて……）

窓の外で、野良猫《のらねこ》の声がする。

その声も、寒そうだった。

スタンドの灯《あか》りを消して間もなく、使い慣れた薬が、おだやかな眠りに、牧野をさそい込んできた。

八　旅人

牧野の小学校の同級生で、コーヒー・パーラーを経営している田村茂男から、ハガキが来た。

田村は、めったに電話をかけてこない。

「電話は、かけるのも受けるのも嫌《きら》いだ」

なのだそうだ。そのかわり、ハガキや手紙は面倒がらずに、よく書いてよこす。

先月の昭和劇場で上演された〔雨の鈴鹿川〕は三度も観《み》てくれ、感想を書いてよこした。田村も杉代の演技をほめていた。

〔雨の鈴鹿川〕は好評で、来年三月の大阪での上演が決まり、久しぶりに、牧野も新聞のインタビューに出たりしたのだった。

それよりも牧野が、名状しがたい、こころよい衝撃を受けたのは、孫の高男が杉代にたのんで〔雨の鈴鹿川〕の舞台を十回も観たことだった。高男は、芝居や映画にあまり興味をしめさない子である。その高男が同じ舞台を十回も観た。たしかに異常な出来事といわねばなるまい。

高男は、母の杉代に、

「お母さん、とてもよかった」

と、簡単ながら、杉代にとってはうれしい讃辞《さんじ》をのべた。高男は、これまでテレビ・ドラマなどに出たときの、杉代の演技に感想を洩《も》らしたりすることが、ほとんどない子だった。

そして、高男は、

「おじいちゃんの書いた芝居を、もう一度、観たい」

そういったそうな。

これまた、祖父の牧野を感動させるに充分な一言だった。高男は、世辞などいえない子だ。

杉代は、

「来年の春には、また、おじいちゃんの新しい脚本《ほん》に、お母さんも出るのよ」

いいかけて、あやうく、おもいとどまったらしい。

芝居の仕事は、幕が開くまでは、どうなるかわからないことを、杉代はさすがにわきまえている。

ところで……。

田村のハガキは、短かくて簡単なものだったが、牧野をびっくりさせた。

「こっちへ来ることがあったら、ちょっと寄ってみてくれないか。もしかすると、長いつきあいの君とも別れるようなことになるだろう。きっと、そうなる」

と、ハガキに書いてあった。

（田村が……？）

わからなかった。

その日の午後、用事も別になかったので、牧野は地下鉄を乗りついで、田村の店へ出かけて行った。

この日も朝から曇っていて、今月に入ってから冷え込みが強《きつ》く、陰鬱《いんうつ》な天気がつづいている。そして雨になると、気味悪いほどに温度が上った。

牧野の持病によくない冬が、また、やって来たのである。

今年も残りわずかになったが、独り暮しの牧野の日常には変りもない。

地下鉄の駅から大通りへ出て、かつては、自分も少年時代をすごした町へ近づいて行きながら、どこかが、いつもとちがっているような気がした。別の、知らない町を歩いているような感じなのだ。

漠然《ばくぜん》と、そう感じながら、牧野は〔イコブ〕の扉《とびら》を開けた。

田村は、カウンターの内側にいたが、入って来た牧野を見ると、すぐに出て来て、奥まった席へ案内した。

店内の客は、まばらだった。

「だって、そのとおりなんだから、仕方がない」

「おどろくじゃないか、田村。あんなハガキをよこして……」

田村は、さびしげな苦笑を浮かべた。

「どうしたんだ？」

「え？」

「うむ……この辺にも、とうとう地上げ屋の手が伸びてきたんだよ」

「何かあったのか？」

「えっ」

「うちの二、三軒先に魚屋があったろう？」

「魚勝《うおかつ》」

「そう。あそこも消えてしまった。気がつかなかったか？」

「そういえば……何か、いつもとちがうような気がした。そうか、魚勝がね」

「清鮨《せいずし》も何処《どこ》かへ行ってしまった。翁堂《おきなどう》もビルになる。商売はやめるらしい。大通りの菊の湯も廃業した」

たった一年の間に、牧野の故郷ともいうべき、浅草の一隅《いちぐう》にある町が、これだけ変ろうとは……。

「けど、田村。ここは、君の地所なんだろう?」

「うん。だが、地上げ屋は実にひどいことをするよ」

「どんなこと?」

「一口にはいえない。ずいぶん、おれも闘ったんだが、これ以上、我慢できない。魚屋も八百屋もない、行きつけの鮨屋もない、銭湯《ゆや》もないような町内で暮しても仕方がないじゃないか。少くとも、おれのような人間はダメだね。いさぎよく、負けることにしたよ」

「で、どこへ行くんだ」

「東松山」

「埼玉県の?」

「そう。死んだ家内の弟がいて、マンションを見つけてくれた。そこが、おれの死場所になるということだ」

「東松山へ行っても同じことだよ」

「だって、あそこは、おれの生まれ育った、つまり故郷じゃない。旅をしているつもりで暮せばいいんだ」

「旅を、ね」

「牧野のところは、まだ地上げ屋は入って来ないか？」

「まだ、その気配はない」

「いいなあ」

「けど、先行き、どうなるか……あぶなくなるかも知れないよ。そうか……田村は、これから、旅人になったつもりで暮す決心をしたんだね」

「ま、そういうことだよ」

いつもは若く見える田村が、急に、げっそりと老《ふ》け込んだ感じだった。

牧野は、言葉を失なった。

牧野が、コーヒーを飲み終えると、

「ま、ちょっと来てごらんよ」

こういって、田村が先に外へ出て行った。

田村の店の裏手へ出たとき、おもわず牧野は、

「あっ……」

低く、叫んだ。

この前に来たとき、まだ、半分は残っていた原っぱに、新しいマンションの工事が始まっていた。

「ここも、か……」

「そう、ここもだ」

「ふうむ……」

「このあたりは、上野にも浅草へも近いし、地下鉄の駅が、すぐ近くにあるからね。いつか、やられるとおもったが、ついに来たわけだ。こうなっちゃ、もうどうしようもない。此処《ここ》は、翁堂の地所で、翁堂そのものが、いま、はなしたようなありさまなんだから、この原っぱが消えるのは当然だよ」

牧野は、声もなく立ちつくした。

自分の、少年時代の思い出がきざみつけられている原っぱを茫然《ぼうぜん》と見て、感傷にふける年頃ではなかったが、ただ何となく、空恐《そらおそ》ろしいおもいに抱きすくめられた。

「牧野……おい、牧野」

「う……」

「どうした？」

「何でもない」

「ねえ、これから、東京は、どうなって行くのだろう？」

「東京なんて、もう無いのも同然だよ」

田村と別れて、牧野は地下鉄の駅へ向った。

年が明けてから、田村は東松山へ移るつもりらしい。その前に、牧野の家を訪ねると、田村は約束をした。

「東松山と東京。そんなに遠い距離じゃあないが、この年齢《とし》になると、おたがいに、いつ何どき、どんなことになるかも知れない。いったん別れたら、それがもう……」

めずらしく、気の弱いことを田村はいい出したりした。

地下鉄の銀座・新橋行のホームへ、牧野は降りて行った。

この駅は少しも変っていない。東京に地下鉄が開通したときのままの旧態を保っていて、古びた、薄汚れた駅だった。

地下鉄が開通したとき、東京市（都）が、小学生に地下鉄に関係した図画を募集したことがあり、牧野は、この町の駅をクレヨンで描《か》き、三等賞をもらったことがある。

牧野が立っているホームは、線路をはさんで、浅草行のホームに向い合っている。

少し胸苦しくなってきたので、牧野は、持薬が入っている携帯用ケースをポケットから出した。

そのとき向う側の、浅草行のホームへ、乗客がひとり入って来た。

ケースから出した丸薬を口にふくみかけ、見るともなしに、それを見た牧野が、

「あ……」

低く叫んだ。

ホームへ入って来た人は、まぎれもなく、佐土原先生だった。先生は、銀座の地下通路で見たときのように、浮浪の人そのものの姿だ。

今日という日に、再び佐土原先生を見ただけに、一瞬ためらった後、われ知らず、

「佐土原先生……」

呼びかけた牧野の声は、すべり込んで来た地下鉄の響音《きょうおん》に消されてしまった。

その車輛《しゃりょう》は、浅草行だった。

地下鉄は、佐土原先生の躰《からだ》を呑《の》み込んで、発車した。先生は牧野に気づいていなかった。

車輛の窓に、汚れたピケ帽、レインコート、買物袋を提げた先生の顔が、はっきりと見え、たちまちに牧野の目の前から消え去った。

浅草行は、つぎの田原町を経て、終点の浅草へ停車し、また引き返して来るはずだ。

(先生は、今度の冬を、浅草の何処かですごされるのだろうか？　それとも、また銀座へ引っ返して来られるのだろうか？)

つい三日ほど前、銀座の地下通路を通った牧野は、先生の姿を見ていない。

(浅草へ行って、探してみようか？)

いったんは、そうおもいたった牧野だが、やはり無駄《むだ》だとおもった。たとえ、先生

を見つけ出して声をかけても、いまの先生は、むかしの佐土原先生ではない。おそらく、

（いや、きっと、迷惑におもわれるだろう）

としか、おもえなかった。

銀座行が、ホームへ入って来た。

牧野は、それに乗って帰ることにした。

「これからは、旅をしているつもりで暮せばいいんだ」

と、いった田村の言葉が、声が、牧野の脳裡《のうり》へよみがえってきた。

地下鉄を乗り換え、アパートへ帰ると、管理人の妻君が出て来て、

「お嬢さんが、昼すぎに見えまして、これを……」

と告げて、細長い紙包みを牧野へわたしてよこした。

紙包みの中の箱を開けてみると、黒地に燻《くす》んだ赤の格子《こうし》のマフラーが入っていた。

この色調は、牧野の好みであることを、杉代は知っている。手紙も入っていた。

「お父さん。雨の鈴鹿川の記念にお贈りします。前のマフラーが少し古くなったから……」

と書いてある。

マフラーの箱の中には、小さな包みが一つ入っていた。

これは、牧野がいつも使っているモンブランの万年筆だ。これにもカードがそえられている。孫の高男からだ。

「おじいちゃん。また、芝居を書いて下さい。待ってます」

カードには、そう書いてある。

おもいもかけない孫からのプレゼントだ。杉代からもらう小遣いをためて買ったのだろうが、高男からプレゼントをもらうのは、はじめてのことだった。それほど、高男は祖父の書いた脚本で演技をした母の舞台に深く感動をおぼえたのであろうか。その感動は、高男になにものかをあたえたにちがいない。

牧野は、すぐに杉代のアパートへ電話をかけた。

杉代はいなかった。高男が出た。

「お母さんはテレビなんだよ、おじいちゃん」

「そうか。いま帰って、お前のプレゼントを見たよ」

「ふ、ふふ……」

高男が、はずかしそうに笑った。

「ありがとう。ちょうど欲しかったんだ」

「ほんとう?」

「ほんとうだとも」

「カード、読んだ？」

「うむ、読んだ」

「おじいちゃん、書いてね」

「ああ、書く。実はね、来年の春に、お前も知っているだろうが、お母さんの先生だった萩原千恵子さんのために、芝居を書くことになっている」

だれにも口どめをしていた牧野が、おもわず打ちあけてしまった。牧野は、たしかに興奮していたといってよい。

「ほんとう？　ほんとうなの？」

「ああ、ほんとうだ。その芝居には、お母さんも出るよ」

「ほんとう？　嘘《うそ》ついているんじゃない？」

「嘘じゃないよ」

高男の、よろこびの声がきこえた。その顔が眼に見えるようだった。

電話を切ると、すぐに、電話のベルが鳴った。川田民男からだ。

「脚本《ほん》は、すすんでいますか」

川田の口調は、まさにプロデューサーのものだった。

「まだ、手をつけていない」

「大丈夫ですか？」

「来年の四月は、あっという間に、やって来ますよ」

「心配かね?」

「そうだね」

川田の声と言葉を聞いて、牧野は(川田君も一人前のプロデューサーになったようだ)と、感じた。

「川田君。高男が、雨の鈴鹿川の記念に万年筆をプレゼントしてくれたよ」

川田は、ちょっと沈黙したが、

「めずらしいことですね、あの子にしては」

「来年の芝居のことを、つい、打ちあけてしまった」

川田が笑った。牧野の胸の内を見とおしたような笑い声だった。

「おかしいかね?」

「いいえ、うれしいんです。あの子も、だんだん大人になる。雨の鈴鹿川を十回も観《み》たそうです」

「よく知ってるね」

ホテルのコーヒー・パーラーで、高男が川田に告げたのだろうか。

川田は黙った。

夜に入って、夕飯をすましてから、牧野は机に向い、高男がくれた万年筆へインクを入れた。

先《ま》ず〔銀杏屋敷《いちようやしき》〕と題名を書いてから、牧野は煙草《たばこ》に火をつけた。

夜風が窓を鳴らしている。今夜も冷え込みが強い。

「これからは、旅をしているつもりで暮せばいい」

そういった田村の声と、

「おじいちゃん、書いてね」

叫び声に近かった孫の高男の声が、原稿用紙の底から浮きあがってくるような気がする。

題名の横に「その一」と書き、東京・神田の台地にあるE大学・図書館の構内、舞台中央に銀杏の老樹。と書いてペンを置き、二本目の煙草に火をつけた。何だか、このまま書いて行けそうな気がしてきた。

解説

川本三郎

『原っぱ』は、池波正太郎の珍しい現代小説である。初期には、『緑のオリンピア』という三段跳びの選手を主人公にしたスポーツ小説や、娼婦《しょうふ》を主人公にした『娼婦の眼』などの現代小説があるが、池波正太郎といえばやはり時代小説が本領である。現代小説は珍しい。

しかし、『原っぱ』は現代小説だからといって池波作品のなかで異色という感じはしない。『鬼平犯科帳』や『剣客《けんかく》商売』や『仕掛人・藤枝梅安』と並んでいても少しもおかしくない。つまり、『原っぱ』は現代小説というより、あくまで「池波正太郎の小説」である。ここにはいかにも池波正太郎好みの、古風で律義《りちぎ》な人間たちがいる。自分の生きる流儀、スタイルをきちんと持っている人間たちがいる。はじめの数ページを読んだだけで、すぐに池波正太郎の世界があるのがわかる。

ここには確かに池波正太郎のこだわりや美学がある。美学とは、何かをすることではなく何かをしないと心に決めることである。自分に禁止事項を作ることである。大声で喋《しゃべ》ることをしない。トレンドを追いかけるようなことはしない。近頃《ちかごろ》の若者はと居丈高に叱《しか》るようなこともしない。そういう禁止事項をいくつも自分に課していく。そこから自《おの》ずと自分の世界が出来てくる。美学とは、だからストイシズムである。池波正太郎の作品がいつも居ずまいがよく、きりっとしているのはそのストイシズムのためである。池波正太郎は、食べることが好きだが、決して贅沢《ぜいたく》な美食家ではないし、飽食家でもない。そのへんにあるものをおいしく食べる。普通のものをご馳走《ちそう》に見立ててしまう。食い散らかしたり、残したりもしない。そしてまたその美学やストイシズムをことごとしくいいたてたりすることもない。あくまでも自然体である。その点で池波正太郎の文学は大人の文学である。大仰な内面告白、心情吐露とはいっさい無縁である。喜怒哀楽のめりはりははっきりしているが、あくまでもあっさりとしている。自分だけが世の苦悩を背負っているような深刻さはない。といって、時代の表層と戯《たわむ》れる軽薄さとも無縁である。他人の痛みをきちんとわきまえている。

池波正太郎は大人である。自分だけが特別な人間とは思っていない。あくまでもコモンセンスがある。これは、ひとつには、池波正太郎が現代の知識人作家と違い、早くから実社会に出ていたために作られた態度だろう。『原っぱ』には「ことに牧野は勉強がきらいで、むしろ、はたらきに出ることを待ちこがれていたほどだった」とある。池波正太郎にとっては実社会が学校だった。いまのモラトリアム人間とその点でまったく違う。赤の他人どうしの実社会のなかで早くから自分を相対化していく大人の視点を獲得していったのである。『原っぱ』には尋常小学校の先生が「おもしろいぞ苦学も」と苦学を少年時代の牧野にすすめるくだりがあるが、池波正太郎はいわば実社会での苦学をおもしろく楽しんだことで自己を形成していった作家だといえるだろう。

『原っぱ』は、一九八七年から八八年にかけて新潮社の「波」に連載され、八八年に単行本になった。こういう言葉は使いたくないのだが、池波正太郎の「晩年」の作品である。主人公の牧野は、池波正太郎の分身。六十歳を過ぎた劇作家で、妻に先立たれ、一人暮しをしている。女優をしている娘がいる。三十歳を過ぎたその一人娘・杉代には小学生の男の子がいる。つまり牧野の孫である。

『原っぱ』は、牧野と娘、孫の関係を描いた家族小説であり、牧野の周辺の俳優たちや友人・職人たちを描いた江戸市井《しせい》小説ならぬ、東京市井小説である。地上げに象徴される、現代の変りゆく東京を舞台にしているが、基本的には、古風な構えと雰囲気《ふんいき》を持った落着いた市井小説である。高層ビルと高速道路の殺風景な東京の町の、人目につかない路地を一歩入ると時代から忘れられたような、よく磨《みが》き上げられた木造の小体《こてい》な日本家屋がある。そこには、少し頑固《がんこ》で、無口な老人がいる。庭には八ツ手や山茶花《さざんか》が植わっている。『原っぱ』は、そういう変りゆく東京のなかの、かろうじて残っている昔の東京――、まだ江戸の名残りのある東京《とうけい》から生まれた、穏やかで落着いた小品である。成瀬巳喜男《みきお》や五所平之助の白黒スタンダード映画のような端正な小品である。

主人公の牧野は六十歳過ぎの劇作家である。現代の基準からいえば、決して老《ふ》けこむ年齢ではない。しかし、彼は、もう自分の時代は終ってしまったと思い、時代から一歩身を引いている。「いまの、変貌《へんぼう》してしまった演劇界に、牧野の出る幕はないのだ」「（おれの芝居なぞ、いまどき上演しても成果はあがらない）あきらめきっているのだ」。

いわばこの牧野という主人公は、隠栖者《いんせいしゃ》である。時代から降りてしまっている。しかし決して老残ではない。むしろ彼は、静かな老境を楽しんでいる。妻に先立たれたあと、彼なりに一人暮しを楽しんでいる。一人で食事の仕度をし、洗濯《せんたく》をし、靴《くつ》を磨く。そういう独居を決して苦にしない。靴磨きなど楽しみの日課になっている。「靴磨きと下着の洗濯だけは自分でやる。こんなことは、むかしの男なら少しも苦にならないし、ことに靴磨きは好きだった」。自立であり、自活であり、そして、気ままな独居である。若いころから実社会に出て、他人のなかでもまれ、「苦学」を楽しんできた人間には、独居もまた楽しい生活のスタイルなのである。

牧野は時代から一歩距離を置いた老人である。だから変貌する東京の騒々しさに汚染されていない。時代から降りているから、時代の汚《けが》れに身をさらすこともない。映画を見て、銀座でコーヒーを飲む牧野のまわりでは時間が少しだけゆったりと流れている。牧野の生活にはまだ静かな時間がある。

東京はどんどん変っていく。この巨大都市は変貌を宿命づけられている。浅草に生まれ、古き良き下町や演劇界のなかで育ってきた牧野は、いまさらその変貌を呪詛《じゆそ》したりはしない。失なわれていく東京に寂しさは感じても、それを呪《のろ》ったり、露骨に嫌《けん》悪《お》を示したりはしない。不機嫌に近ごろの若者はと怒ることもない。あくまでも牧野は大人である。あきらめを知っている。そうやってひとは年を取り、死んでいく。町は変っていく。その自然の流れをわきまえている。

もちろん牧野にも、そして池波正太郎にも現代の東京への嫌悪感はある。しかし、牧野も、池波正太郎もそれを生まの形では出さない。嫌悪や呪咀や不機嫌を直接外に出すのは野暮である。そうしたマイナスの感情をプラスの感情に置き換えていくのが作家の創造力である。ネガティブな感情を、ポジティブな感情によって補い、冷却させていくのが大人のコモンセンスである。

だから牧野は、変りゆく東京のなかでかろうじて残っている律義な芸人たちや、古風な市井の人間たちのほうに目を向けようとする。子ども時代の思い出や記憶のなかに美しいものを見ようとする。そこから、小学生のときに「苦学」をすすめてくれた先生、市川扇十郎という六十歳を過ぎた俳優、死ぬ前にもう一度舞台に立とうとする萩原千恵子という老女優、銀座で靴磨きをしている言葉の不自由な老女、といった好ましい人々が浮き上がってくる。

牧野は、変りゆく東京のなかでいまなお、昔のままの遠慮や気くばりを大事にして生きているこういう人々を見出《みいだ》して、ひとり幸福な気持になっていく。彼らと一緒にまた仕事をしようと思う。彼らのことを記憶にとどめておこうとする。書き残しておこうとする。その意味で『原っぱ』は、明るい、ポジティブな「遺書」でもある。

劇作家を主人公にしているだけに、会話がいい。短い言葉のやりとりのなかに心地よい緊張と融和がある。興行会社の社員は牧野を励ますようにいう。「酒をのんで下さい。酒をのまないとダメです」。あるいは扇十郎と牧野のやりとり。「（略）ギャラはいただきます。いかがです、杉ちゃんと同じでは……」「そんなことは、世間で通りませんよ」。「世間で通りませんよ」という言葉がここではまだ生きている。「すぐ、御宅へうかがいます」「いや、ぼくのほうのたのみごとだから、ぼくが行く」。あるいは「杉代は、迷惑をかけなかったろうか?」。あるいはまた扇十郎の言葉。「私も役者だけに、いまの千恵子さんの気持ちが、何だか、わかるような気がしてきました。あくまでも、御自分の最後の舞台を、ひっそりと開け、ひっそりと閉じたい……ね、牧野さん」「私、あさはかでした。このはなしは無かったことにしていただけませんか」。

ここには「遠慮」や「気がね」という美徳がまだ残っている。剣客が白刃《はくじん》を対峙《たいじ》し合うように、大人どうしが心映えを対峙し合っている。その緊張感がさりげないドラマを作っていく。これは一種の言葉による決闘である。ときには言葉にならない対峙もある。牧野が、娘を個人指導している扇十郎に一瞬、父親として男として疑念を持って目を見るくだり。「牧野は、扇十郎が杉代に手をつけていないことを確信した。そして、扇十郎に負けたとおもった」。ここはほとんど〝決闘〟である。

そして圧巻は、娘の元の夫が再婚を決意し子どもを引きとろうとするのを聞いた牧野がぴしゃりとそれを断わる言葉だろう。「高男の母親は、ひとりでいいとおもう」。これはやさしく、厳しい、言葉の白刃である。池波正太郎の真骨頂は、短い言葉のなかに、男の喜怒哀楽を凝縮させる力にある。

『原っぱ』は、融和と和解の物語である。父と娘、祖父と孫、娘と別れた夫。かつては溝《みぞ》があっただろうそれぞれの人間が、互いに許し合い、認め合い、愛情を確かめ合っている。だから後味がいい。もちろんその愛情は、露骨なものではなく、あくまでもさりげなく、ぶっきらぼうなものであることはいうまでもない。

（平成四年一月、文芸評論家）

この作品は昭和六十三年四月新潮社より刊行された。

表記について

新潮文庫の文字表記については、原文を尊重するという見地に立ち、次のように方針を定めました。

一、旧仮名づかいで書かれた口語文の作品は、新仮名づかいに改める。
二、文語文の作品は旧仮名づかいのままとする。
三、旧字体で書かれているものは、原則として新字体に改める。
四、難読と思われる語には振仮名をつける。

なお本作品集中には、今日の観点からみると差別的表現ととられかねない箇所が散見しますが、著者自身に差別的意図はなく、作品自体のもつ文学性ならびに芸術性、また著者がすでに故人である等の事情に鑑み、原文どおりとしました。

（新潮文庫編集部）

池波正太郎著
むかしの味
人生の折々に出会った〔忘れられない味〕。それを今も伝える店を改めて全国に訪ね、初めて食べた時の感動を語り、心づかいを讃える。

池波正太郎著
男の作法
これだけ知っていれば、どこに出ても恥ずかしくない！ てんぷらの食べ方からネクタイの選び方まで、〝男をみがく〟ための常識百科。

池波正太郎著
食卓の情景
鮨をにぎるあるじの眼の輝き、どんどん焼屋に弟子入りしようとした少年時代の想い出など、食べ物に託して人生観を語るエッセイ。

池波正太郎著
日曜日の万年筆
時代小説の名作を生み続けた著者が、さりげない話題の中に自己を語り、人の世を語る。手練の切れ味をみせる〝とっておきの51話〟。

池波正太郎著
映画を見ると得をする
なぜ映画を見ると人間が灰汁《あく》ぬけてくるのか……。シネマディクト（映画狂）の著者が、映画の選び方から楽しみ方、効用を縦横に語る。

池波正太郎著
池波正太郎の銀座日記〔全〕
週に何度も出かけた街・銀座。そこで出会った味と映画と人びとを芯に、ごく簡潔な記述で、作家の日常と死生観を浮彫りにする。

新潮文庫最新刊

河内一郎著
漱石、ジャムを舐める
濃厚な味と甘いものが好き。医者に止められながらも苺ジャムをおやつに……食べもので読み解く文豪の素顔。夏目家の家計簿も紹介。

NHKがん特別取材班
日本のがん医療を問う
欧米では減少しているがんの死亡率が、なぜ日本では減らないのか。患者の立場に立った取材から、様々な問題が浮かび上がった。

東大作著
犯罪被害者の声が聞こえますか
加害者を裁く裁判にも参加できず、補償も無く、医療費は自己負担——絶望から立ち上がった「全国犯罪被害者の会」2992日の記録。

C・カッスラー
D・カッスラー
中山善之訳
ハーンの秘宝を奪取せよ（上・下）
同時多発地震で石油施設が壊滅——原油高騰の影にチンギス・ハーンの末裔？　ピットはモンゴルへと飛んだ。好評シリーズ第19弾！

R・ブローティガン
藤本和子訳
芝生の復讐
雨に濡れそぼつ子ども時代の記憶とカリフォルニアの陽光。その対比から生まれたメランコリックな世界。名翻訳家最愛の短篇集。

I・マキューアン
小山太一訳
贖罪（上・下）
全米批評家協会賞・W・H・スミス賞受賞
少女の目撃した事件が恋人たちを引き裂いた。そして、60年後に明かされる茫然の真実——。世界文学の新たな古典となった、傑作長篇。

原《はら》っぱ

新潮文庫 い - 16 - 62

平成 四 年二月二十五日 発 行
平成二十年四月二十日 十三刷改版

著者 池《いけ》波《なみ》正《しょう》太《た》郎《ろう》

発行者 佐藤隆信
発行所 株式会社 新潮社
郵便番号 一六二―八七一一
東京都新宿区矢来町七一
電話 編集部(〇三)三二六六―五四四〇
読者係(〇三)三二六六―五一一一
http://www.shinchosha.co.jp

価格はカバーに表示してあります。

乱丁・落丁本は、ご面倒ですが小社読者係宛ご送付ください。送料小社負担にてお取替えいたします。

印刷・二光印刷株式会社 製本・株式会社植木製本所

ISBN978-4-10-115662-0 C0193